우리들의 빛나는

우리들의 빛나는

박현정 글 | 국민지 그림

북멘토

차례

뱀파이어와 사랑에 빠지는 법 - 6화

글★달빛신부

헉헉헉헉…… 어두운 숲을 달리는 마리의 심장은 금방이라도 터질 것만 같았다.

죽어라고 달렸지만 더블랙의 발소리는 점점 더 가까워지기만 했다. 마리가 한 걸음을 내디디면 더블랙은 두 걸음을 따라잡았다.

안 되겠어. 다른 길로…….

마리는 방향을 바꿔 길도 나지 않은 산비탈을 엉금엉금 기어오르기 시작했다. 하지만 이것 역시 좋은 방법은 아니었다. 쉿, 쉿, 더블랙의 숨소리가 금방이라도 뒤꿈치를 물 것만 같았다.

윽, 이제 틀렸어. 더 이상은 못 가겠어…….

마리는 완전히 힘이 빠졌다. 이대로 더블랙의 먹잇감이 되는구나 싶어 휘어진 나무를 꼭 끌어안고 눈을 질끈 감았다.

바로 그때 마리의 몸이 공중으로 붕 떠올랐다. 누군가 마리의 허리를 번쩍 안아 올린 것이다. 크아아아악! 마리를 놓친 더블랙의 성난 울부짖음이 들렸다.

순식간이었다. 마리는 어느새 어두운 하늘을 날고 있었다. 자신의 허리를 감싸고 있는…… 그는! 레이였다!

레이의 표정은 잔뜩 굳어 있었다. 아마도 더블랙에게 단단히 화가 난 모양이었다. 친구인 더블랙이 마리를 공격할 줄은 상상도 못 했을 테니까.

"아, 레이……."

"마리!"

보름달 아래서 레이의 얼굴은 아름답게 빛났다. 얼음처럼 차갑고 선명한 눈동자는 마리의 온몸을 빨아들일 것 같았다. 마리의 정신이 아득해졌다. 둘은 누가 먼저랄 것도 없이 두 손을 맞잡았다. 레이의 손은 부드러웠다. 이내 레이의 든든한 팔이 마리를 편안하게 감싸 안았다.

새로 쓰기 시작한 웹 소설이 …

어느새 클라이맥스를 향해 가고 있었다. 이번에는 기필코 '좋아요'를 백 개 이상 받으려고 독하게 쓰고 있다. 아니 최대한 달달하게 쓰고 있다고 해야 하나? 로맨스 판타지 소설계를 주름잡을 나 이빛나의 필명은 '달빛신부'다. 초등학교를 졸업하기 전에 주목받는 신작 코너에 데뷔하는 게 나의 소박한 꿈이다. 하지만 6회나 연재하도록 '좋아요'를 두 개밖에 받지 못했으니 갈 길이 너무 멀다.

어디까지 썼더라. 그렇지, 레이가 악당 더블랙의 손아귀에서 마리를 구해 낸 대목이었지. 레이가 검은 숲에서 마리

를 안고 날아올랐다. 마리의 허리를 감싼 레이의 팔은 강하
고 편안했다. 마리의 귓불을 레이의 부드러운 숨결이 간지
럽혔다. 마리의 뺨을 어루만지는 레이의 손길은…….

　나는 눈을 지그시 감고 손등을 뺨에 대 보았다. 레이의 달
콤하고 부드러운 숨결이 그대로 느껴질 것만 같았다.

　부르르르르…… 갑자기 몸이 떨렸다. 떨림은 쉽사리 멈

추지 않았다. 눈을 게슴츠레 떠 보니 책상 위의 휴대 전화가 울려 대고 있었다. 어느새 약속 시간이 된 것이다. 한숨을 폭 내쉬었다.

'이대로 멈추긴 너무 아쉬워.'

오늘 필 제대로 받았는데. 이런 필은 아무 때나 오는 게 아닌데. 하지만 오늘은 친구들과 약속한 연청 데이다. 우리는 연청바지를 맞춰 입고 함께 우정 사진을 찍기로 했다. 나는 모니터와 시계를 번갈아 바라보다가 종료를 눌렀다.

'이따 밤에 봐요, 레이!'

그리고 새로 산 연청바지와 남방을 잽싸게 갈아입었다.

올봄에 연청 스키니가 …

유행할 거라는 정보를 가져온 건 유라였다. 유라는 언니가 둘씩이나 있고 큰언니는 대학생이기 때문에 핫한 패션 정보를 알아오곤 한다. 새 학기를 앞두고 옷을 사려던 우리는 이왕이면 연청을 하나씩 사기로 했고, 오늘 그 청바지를 입고 만나기로 했다.

내가 새로 산 바지를 입고 나타나자 수림이와 경이 표정이 심상치 않았다.

"헐! 이게 연청이야? 색깔이 좀…… 진한 듯?"

"이거 스키니 맞아?"

내 청바지를 보고 한마디씩 했다. 나는 친구들 바지와 내 바지를 번갈아 보았다. 확실히 다른 애들과 내 바지는 색깔도 모양도 약간씩 달랐다. 수림이와 경이 바지는 거의 흰색에 가까운 연한 파랑인데 내 바지는 바랜 듯한 청색이었다. 걔네들 바지는 허벅지에서 발목까지 레깅스처럼 붙었는데 내 바지는 전체적으로 낙낙했다.

'으, 금방 자랄 거라는 엄마 꾐에 넘어가는 게 아니었어. 아니, 뱃살이 문제였나.'

나는 볼록 튀어나온 내 아랫배에 손을 가져갔다.

저만치 유라가 달려왔다. 유라는 마치 쇼핑몰에서 금방 튀어나온 모델 같았다. 연한 파란빛이 도는 청바지는 유라의 길고 맵시 있는 다리에 착 달라붙어서 몸과 완벽하게 하나가 되었다. 그 위에 걸쳐 입은 네이비색 티셔츠는 연청하고 더없이 잘 어울렸다. 그러고 보니 수림이랑 경이도 회색, 분홍색 티셔츠를 입고 있었다. 그 애들에 비해 내가 입은 파랑과 빨강 스트라이프 남방은 너무 차려입은 듯한 느낌이 들었다. 티셔츠 맞춰 입을 거라고 귀띔이라도 해 주지. 어깻죽지에서 힘이 쏙 빠져 달아났다.

"유라야, 옷 어디서 샀어? 완전 이쁘다."

"인터넷 쇼핑몰."

"우아, 나도 인터넷 쇼핑몰에서 샀는데. 전에 네가 말해 준 '소나'에서 샀어."

"나도 나도."

경이와 수림이는 같은 인터넷 쇼핑몰을 이용했나 보다.

"난 우리 언니들이 새로 개척한 쇼핑몰에서 샀어."

"어딘데? 알려 주라."

수림이는 유라 팔에 매달렸다. 유라가 나를 보고 알은체를 했다.

"빛나야, 네 청바지 독특하다. 이건 어디서 샀어?"

"나는…… 그냥…… 오, 오프라인."

으, 엄마가 다니는 단골 옷가게에서 샀다고 죽어도 말 못한다. 애초에 엄마를 믿는 게 아니었다.

"애들은 나랑 다른 스타일로 입는단 말이야. 아동복은 싫어!"

내가 볼멘소리를 하자 엄마가 무릎을 탁 쳤다.

"우리 빛나가 이제 아동복을 벗어났다 이거지? 좋아! 마

침 봐 둔 옷가게가 있어."

엄마가 나를 데려간 곳은 엄마와 딸이 함께 입을 수 있는 옷을 파는 가게였다. 나는 거기서 아동복이 아닌 어른 옷을 처음 입어 봤다. 요즘 최신 유행이라는 주인 아줌마의 꾐에 빠져 엄마랑 나는 같은 청바지를 하나씩 샀다. 내친김에 남방까지 한 벌로 샀다. 그 결과 나는 엄마 취향도 딸 취향도 아닌 묘한 스타일에, 연청도 스키니도 아닌 어중간한 바지를 걸치게 된 것이다.

맘에 안 드는 차림으로 오후를 보낸다는 건 지독하게 우울하고 피로한 일이다.

우리는 지하철을 두 번이나 갈아타고 대학가로 가서 우정 사진을 찍었다. 이런저런 재미있는 소품을 이용해 갖가지 포즈로 사진을 찍었지만 사진이 내 맘에 쏙 들지는 않았다. 키 크고 날씬한 세 친구들 사이에서 나는 유독 튀었다. 유라가 사진을 보고 씩 웃었다.

"빛나는 귀여워."

유라가 말하는 '귀엽다'가 '통통하다', '촌스럽다'와 같은 말이라는 걸 안다. 뭘 입어도 맵시가 살지 않는 몸매에 패션 감각마저 꽝이니 그저 교복이나 빨리 입었으면 좋겠다. 내가 빨리 중학생이 되고 싶은 가장 큰 이유가 바로 그거다.

"모처럼 나왔는데 학원 빼먹고 더 놀고 싶다."

"맞아, 우리가 연예인도 아닌데 스케줄 너무 빡빡해."

제일 먼저 바람을 잡았던 수림이가 엄마에게 전화했다가 어림 반 푼어치도 없다는 야단을 맞고 제일 먼저 사라졌다. 유라랑 경이도 엄마의 독촉 전화를 받고 학원으로 갔다. 우리 엄마는 독촉 전화는커녕 내가 어디 있는지 관심도 없다. 하지만 친구들이 모두 돌아가니 나도 별수 없이 수학 학원으로 가야 했다. 다들 학원 빼먹으면 나도 그럴 요량으로 숙제도 안 했는데…….

오답 노트에 못다 한 숙제까지 다 하고 오느라 다른 날보다 한 시간은 더 붙잡혀 있었다. 완전히 진이 빠진 채 터덜터덜 걷는데 엄마에게 문자가 왔다.

－빛나, 엄마 오늘 늦어. 저녁 혼자 챙겨 먹어.

－오키, 걱정 마요.

기다렸다는 듯이 답장을 날리고 곧바로 편의점으로 유턴했다. 위로가 필요한 나에게 편의점 만찬이라는 현명한 답을 주시는 엄마. 이럴 땐 엄마가 좋아진다. 물론 편의점 앞에서 친구들이 입은 스키니를 떠올리며 잠시 갈등에 휩싸였다.

'빛나야, 너도 언젠가는 유라 핏의 스키니를 입어야 하지 않겠니?'

하지만 눈부신 미래는 너무 멀고 편의점은 바로 눈앞에 있었다. 스키니? 그런 건 내 웹 소설의 주인공인 마리에게나 입히기로 하자. 오늘 나에게는 불맛 비빔면이 꼭 필요하다. 거기에 삼각 김밥이랑 초콜릿 우유, 치즈볼까지 간이 테이블에 한 상 그득 차려 놓으니 수라상이 부럽지 않았다.

MSG가 듬뿍 들어간 불맛 비빔면은 황홀했다. 가늘고 쫄깃한 면발이 입가에 화끈한 자취를 남긴 채 목구멍으로 넘어갔다. 연청 스키니와 수학 문제 때문에 쌓였던 스트레스가 확실하게 날아갔다. 삼각 김밥을 꿀꺽 삼키고 다시 비빔면을 크게 한입 넣었을 때였다.

"윽!"

오싹한 느낌이 들면서 목이 콱 막혔다. 기침을 하자 입안 가득 물고 있던 비빔면이 쏟아져 나왔다. 목과 코가 알

싸하더니 눈물이 핑 돌았다.

　분명 창밖에서 누군가가 나를 빤히 쳐다보고 있었다. 검은색 옷을 머리끝에서 발끝까지 내려 입은 실루엣이었다. 연신 코를 팽팽 풀면서 편의점 창에 이마를 딱 붙이고 밖을 내다보았다. 지나던 사람들이 이상한 듯 나를 힐끔거렸다. 창을 통해 나를 지켜보고 있던 검은 실루엣. 하얀 얼굴만 허공에 동동 떠 있던 그는 분명 더블랙이었다.

그는 나와 눈이 마주쳤고 …

순식간에 사라졌다. 머리꼭지가 서늘해졌다. 허벅지에
이상한 느낌이 들어 내려다보니…… 이런! 비빔면 국물이
흘러 청바지를 적시고 있었다. 비명을 지르며 벌떡 일어났
다. 연한 청바지에 시뻘겋게 그려진 지도. 휴지로 국물 자
국을 허겁지겁 닦아 냈지만 그럴수록 얼룩은 더 흉하게 번
졌다.

'뭐야, 더블랙 때문에! 그나저나 하루 종일 이 청바지가
속을 썩이는구나.'

옷은 엉망이 됐지만 왠지 속 시원한 느낌도 들었다. 차라

리 잘됐다. 엄마에게는 미안하지만 얼룩이 영원히 안 지워지면 좋겠다는 생각이 꼬리를 물었다.

편의점에서 나와 주변을 두리번거렸다. 혹시 더블랙이 있나 싶어서였다. 어둠 속에서 나를 뚫어지게 바라보던 눈빛이 떠올랐다. 몸이 절로 움츠러들었다.

'정말 더블랙이 소설 속에서 환생이라도 한 거야?'

마주칠까 봐 두려운 마음과 마주쳤으면 하는 마음이 반반이었다.

큰길을 벗어나 아파트 쪽문으로 들어섰을 때였다. 누군가 뒤에서 따라오는 느낌이 들었다. 길 한쪽으로 슬며시 비켜나며 걸음을 늦추었다. 하지만 뒷사람은 기척이 없었다. 다시 속도를 내서 걸었다. 그러자 자박자박…… 또다시 나를 따라오는 발소리가 들렸다. 기분 나쁘고 무서워서 뒤로 획 돌아 버렸다. 뒤따라오던 검은 그림자가 움찔하더니 나를 지나쳐 앞서갔다. 검은 바지에 검은 운동화, 검은 패딩을 정강이까지 내려 입고 패딩 모자까지 푹 눌러쓴 검은 실루엣. 아까 편의점 창문 너머로 봤던 사람이 틀림없다!

순간, 핏발 선 눈알을 굴리며 목을 조르고, 길고 날카로운

손톱으로 심장을 가르던 장면들이 스쳤다. 물론 그건 내 작품 속의 악당 더블랙이 저지른 일들이었다. 지금은 저 검은 패딩 모자가 딱 더블랙으로 보였다. 나를 지나친 더블랙은 마치 뭔가를 찾듯 주위를 두리번거리며 아파트 사이로 걸어갔다. 머리카락이 일제히 곤두서는 느낌이었다. 나는 한달음에 큰길로 나와 정문으로 향했다.

쪽문으로 오면 금방인 우리 동에 두 배는 더 걸려서 도착했다. 휴, 한숨을 내쉬고 현관에 들어서는데 엘리베이터 앞에 시꺼먼 그림자가 비친다.

아까 분명히 앞서갔던 더블랙이 거기 서 있었다!

'으아악! 뭐지? 설마 나를 기다린…… 거야? 내가 여기 사는 건 어떻게 알았지?'

벽에 딱 붙어 서서 현관을 도로 나갈지 말지 심각하게 고민했다. 그사이 엘리베이터가 1층에 도착했다. 엘리베이터 문이 열렸지만 타지 않고 최대한 미적거렸다. 그러자 더블랙도 가만히 서 있었다. 에라 모르겠다, 내가 엘리베이터에 쓱 올라타자 더블랙도 따라 탔다. 내가 버튼을 안 누르고 서 있자 그도 누르지 않았다. 나는 울상이 되어 13층을 눌렀다. 더블랙이 5층을 눌렀다. 휴우, 그제야 안도의 한숨이 나왔다. 더블랙이 나보다 빨리 내려서 다행이다. 나는 얼른 뒤쪽으로 물러나 그를 스캔하기 시작했다.

키가 나보다 한 뼘쯤 크고 꽤 마른 편이었다. 패딩 점퍼가 몸에 비해 아주 컸다. 몇 살쯤 되었을까? 중학생? 고등학생? 확실히 아저씨는 아닌 것 같았다. 검은색에 주황색 로고가 박힌 운동화는 애들이 신는 브랜드였다.

고개를 들어 정면을 보았다. 층간을 빠르게 지나치는 엘리베이터 창문으로 그의 그늘진 얼굴이 비쳤다. 더블랙의 얼굴이 천천히 위아래로 움직이는 걸 보니 그도 나를 스캔하고 있는 게 분명했다. 내 눈이 더블랙의 눈과 짧게 마주쳤다. 순간, 더블랙의 입이 좌우로 길게 벌어졌다.

언젠가 물 묻은 드라이어를 콘센트에 꽂았다가 감전당한 적이 있었다. 지지지직…… 소리와 함께 한쪽 팔에서 머리끝까지 빠르고 강한 진동을 느꼈다. 소리도 못 지를 정도로 강한 충격을 받고 정신이 얼얼했었다. 더블랙의 입이 벌어진 순간 그때와 똑같은 충격이 내 온몸을 감쌌다. 얼어붙은 것처럼 꼼짝도 할 수 없었다. 심장이 쿵쾅쿵쾅 뛰었다. 엘

리베이터가 열리고 더블랙이 바람처럼 빠져나가고 나서야 떨림이 멈췄다.

'뭐였지? 그건…… 분명히…….'

나를 향해 웃었나? 굳게 다문 입술이 순간적으로 벌어지며 드러난 그것은 분명 희고 번득이는 송곳니였다. 더블랙은 금방이라도 목덜미를 꽉 물어 버릴 듯 송곳니를 번득이며 분명히 나를 향해 히죽 웃었다.

엘리베이터가 13층에 멈춰 서자마자 정신없이 집으로 들어왔다. 현관문에 기대어 숨을 골랐다. 그때, 현관 옆에 붙은 거울에 내 모습이 비쳤다. 나도 모르게 비명을 지르고 말았다.

"으아악!"

거울에 비친 내 몰골은 정말 가관이었다. 입가에 붉은 비빔면 얼룩이 동그랗게 도넛을 그리고 있었다. 오른쪽 입술에는 시커먼 김 조각까지 떡하니 붙어 있었다. 게다가 허벅지의 붉은 얼룩은 영락없이 제주도 지도 모양이었다. 머리를 감싸 쥔 채 주저앉았다. 그제야 더블랙이 웃은 이유를 알 것 같았다. 웬수 같은 더블랙! 살아서는 다시 만날 일이 없기를. 내 인생 최악의 순간이 부디 꿈이기를.

그러나 내 간절한 바람은 이루어지지 않았다. 5층 더블랙을 다시 본 것은 그로부터 며칠 후, 그것도 전혀 예상치 못한 곳에서였다.

헐레벌떡 교실에 들어서자 …

경이가 손짓을 하며 반겼다.

"빛나야, 너 왜 이렇게 늦었어?"

나는 책상에 슬라이딩으로 엎어지며 한숨부터 쉬었다.

"휴, 아침부터 설거지와의 사투를 벌이고 왔다 내가."

"쯧쯧, 너네 엄마 또 요리하셨냐?"

수림이가 혀를 차며 물었다. 수림이와 나란히 앉은 유라

도 킬킬거리며 나를 돌아봤다.

"오늘은 또 뭔데?"

"설마 지난번처럼 싸 온 건 아니지?"

유라가 손사래를 쳐 댔다. 코를 찡그리며 내가 되물었다.

"너네 혹시 시래기 좋아하니?"

"쓰레기를 좋아하냐고?"

"아니, 쓰레기 말고 시래기. 유기농이야."

"시래기? 우웩, 완전 싫어!"

수림이가 토하는 시늉을 했다.

"휴, 그럴 줄 알았다."

'감셰이'가 문제였다. 엄마는 얼마 전부터 '감동이 있는 셰프를 꿈꾸는 이들의 모임'이라는 블로그를 드나들며 자연친화적이고 실험성 강한 건강식을 배우고 있다. 감동은 평범함을 거부하는 데서 온다나 뭐라나. 엄마는 뭐든 하나에 꽂히면 푹 빠지는 특성이 있다. 그러니 그 어려운 의대 공부를 해냈겠지만 나는 엄마 때문에 힘들고 난감할 때가 종종 있다. 바로 요즘 같은 때가 그렇다.

원래 요리나 살림에는 관심이 없던 엄마가 갑자기 각종 유기농 재료들을 공동 구매하고, '감셰이'에서 얻은 요리 정보에 엄마 나름의 창의력과 응용력을 곁들여 '듣보잡' 요리들을 해 댔다. 하얀 설탕, 하얀 소금, 조미료 이 세 가지가 없다는 엄마의 요리는 결정적으로 아무 맛도 없었다. 그걸 엄마 몰래 처리해야 하는 건 언제나 내 몫이다.

경이가 더 이상 참기 어렵다는 듯 빠르게 종알거렸다.

"있잖아, 우리 반에 전학생이 왔대. 남자애래."

바로 그때 교실 문이 열리고 담임이 들어왔다.

"아침부터 왜 이렇게 시끄러워?"

찬물을 끼얹은 것처럼 교실이 한순간에 조용해졌다. 담임 때문이 아니라 그 뒤에 붙은 낯선 얼굴 때문이었다. 호기심과 놀라움이 탑재된 눈동자들이 일제히 그 애에게 몰렸다. 하지만 누구도 나만큼 놀라지는 않았을 것이다. 나도 모르게 중얼거렸다.

"헐! 대박 사건!"

담임이 새로 전학 온 친구라며 소개한 그 아이는 분명 5층 더블랙이었다. 오늘은 검은 패딩이 아닌 후드 달린 파란색 점퍼를 걸치고 있었다. 더블랙은 꾸벅 인사를 하고 어색한 듯 두리번거렸다.

"뭐 할 말 없어? 이름이라도 말해 봐."

담임이 자기소개를 좀 해 보라고 하자 전학생은 마지못해

입을 열었다.

"구재겸."

앞뒤 잘린 무뚝뚝한 한마디에 애들이 킥킥대고 웃었다. 나는 당장이라도 그 애의 입술을 벌려 송곳니를 확인하고 싶었지만 꾹 참았다. 구재겸은 옆 분단 제일 뒷자리에 앉았다. 나는 눈이라도 마주칠세라 얼른 고개를 외로 틀었다. 다행히 구재겸은 나를 보지 못한 듯 지나쳐 갔다.

'아악, 왜 하필이면!'

왜 하필이면 더블랙이 우리 반으로 전학을 온 걸까. 왜 하필이면 6학년인 거지? 왜 하필이면 우리 아파트야? 왜 하필이면……. 며칠 전 내 몰골이 다시 떠올라 죽고 싶었다.

'혹시, 아닐지도 몰라!'

나는 살며시 몸을 틀어 구재겸을 돌아봤다. 엘리베이터에서 본 더블랙이 구재겸인지 조금 헷갈리기도 했다. 고개를 갸웃하고 미간을 모으는데 구재겸이 나를 바라봤다. 우리 눈이 살짝 마주치는 순간, 그 애가 웃었던 것 같다. 나는 머리를 쥐어뜯으며 중얼거렸다.

"그 애가 아니다…… 그 애가 아니다……."

우리 반 남자애들이 착한 건 좋은데 얼굴까지 착해서 문제라던 수림이는 전학생에게 급관심을 보였다. 하루 종일 힐끔대기에 바쁘더니 집으로 돌아가는 길에는 구재겸을 바싹 따라붙기까지 했다. 수림이랑 나는 집이 같은 방향이라서 별수 없이 나까지 구재겸을 따라갔다. 신호등을 기다리는 동안 우리는 구재겸과 나란히 서게 되었다.

"너 어디 살아?"

수림이가 구재겸에게 대뜸 이렇게 물어보았다. 구재겸이 손가락을 들어 사거리 끝자락에 붙은 우리 아파트를 가리켰다. 내 기분은 구겨진 휴지 같았다.

"어? 빛나랑 같은 아파트네? 얘도 저기 살아."

수림이가 나를 가리켰다. 나는 수림이 옆구리를 툭 쳤다. 그만하라는 뜻이다. 수림이는 아랑곳하지 않고 계속 질문을 퍼부어 댔다.

"학원은? 영어 학원은 어디 다녀?"

구재겸은 마치 못 알아들은 듯 멀뚱멀뚱 쳐다보기만 했다. 수림이가 물었다.

"너 혹시 한국말 못해? 외국에서 살다 왔니?"

여전히 묵묵부답. 수림이가 이번에는 휴대 전화를 꺼내 들고 물었다.

"너 전화번호 몇 번이야?"

수림이의 적극적인 모습에 나도 모르게 입이 쩍 벌어졌다.

그때 신호등이 바뀌고 구재겸이 아무 대답도 없이 길을 건너갔다. 수림이가 무안했는지 샐쭉한 표정을 지었다. 그러고는 구재겸이 우리 아파트 쪽으로 걸어가는 걸 보고 아쉬운 듯 삐죽거렸다.

"역시 외국에서 살다 온 게 분명해. 한국말을 못하나 봐."

수림이가 내 귀에 소곤거렸다.

"구재겸 몇 동 사는지 알아봐."

"왜?"

"그냥. 전학 왔으니까…… 우리가 잘해 줘야지."

우리 동 같은 라인에 산다는 얘길 할까 말까 망설이는 동안 수림이는 벌써 저만치 가 버렸다.

나는 구재겸과 나란히 걷기 싫어서 일부러 천천히 걸었다. 그러다 보니 마치 내가 구재겸 뒤를 밟는 것 같아서 그

것도 별로였다.

　아주 천천히 걸어갔는데도 우리는 엘리베이터 앞에서 만
났다. 구재겸은 내가 다가가도 모른 척하고 엘리베이터에
냉큼 올라탔다. 나는 미적거리며 같이 타야 하나 말아야 하
나 눈치를 보다가 문이 닫히려는 순간 올라탔다. 나는 몸을

최대한 구석으로 붙이고 이마를 벽에 댔다. 그러고 있자니 정수리가 따가웠다. 유리창에 비친 구재겸 얼굴도 몹시 궁금해졌다.

슬며시 눈을 돌려 유리창을 보았다. 으악! 구재겸이 또 웃고 있었다. 빨간 입술 위로 하얗고 가지런한 이, 그중에서 유독 송곳니가 보란 듯이 길고 뾰족하게 튀어나와 있었다. 나는 침 떨어지는 줄도 모른 채 입을 헤 벌리고 송곳니를 바라봤다. 엘리베이터가 멈추고 구재겸이 내리자 그제야 정신이 들었다. 츠릅 소리를 내며 침을 닦다 말고 나는 폭발하듯 외쳤다.

"저, 저 개매너!"

6층부터 13층까지 엘리베이터 버튼에 모조리 불이 들어와 있었다.

혹시 그 애가 타면 어떡하지? …

만나면 알은체를 해야 하나? 확 째려봐 줄까? 지난 며칠
동안 등하교 때마다 이런 고민을 했는데 다행히 그 뒤로 엘
리베이터에서 구재겸을 마주친 일은 없었다.

오늘 아침, 엘리베이터가 5층에 멈추자 나도 모르게 뒤로
물러섰다.

'올 것이 오고야 말았군.'

하지만 5층에서 탄 사람은 구재겸이 아니라 교복을 입은
중학생 언니였다. 그 언니는 502호 살던 주은이네가 얼마
전 아빠 직장 때문에 지방으로 떠난 후 그 집에 새로 이사

왔다. 도화지처럼 새하얀 얼굴에 입술엔 틴트를 잔뜩 발라 새빨갰다. 교복 치마는 내 신발주머니보다도 작았다. 한눈에 봐도 노는 언니였다. 언니는 뾰로통한 얼굴로 서 있다가 엘리베이터가 열리자마자 종종걸음으로 현관을 나섰다. 현관 앞에 기다리고 있던 자가용이 언니 옆을 따라 움직였다.

"헤이, 이쁜 여학생! 같이 가자."

운전석에 탄 아저씨가 언니를 향해 말했다. 언니는 들은 척도 안 하고 걸어갔다. 등에 멘 가방이 움직일 때마다 언니의 짧은 교복 치마가 팔랑댔다.

"구재인, 빨랑 타!"

아저씨가 자꾸 부르자 언니가 발을 탕탕 구르며 버럭 소리를 질렀다.

"냅두라고 좀. 걸어간대두!"

나는 교복 치마를 아슬아슬한 맘으로 쳐다보다가 깜짝 놀랐다. 이 언니는 노는 데다 성질까지 더러운 모양이다.

"알았어. 그럼 저녁에 봐."

아저씨의 부드러운 목소리가 들리는가 싶더니 차가 휭 하고 지나갔다. 그제야 언니에게 시선을 거둬 차를 보았다.

"어? 구재겸?"

나도 모르게 중얼거렸다. 앞서가던 언니가 나를 힐끔 돌아보았다.

승용차 뒷자리에 탄 사람은 분명 구재겸이었다. 언니 이름이 구재인이라고 했던 것 같다. 이름이 비슷한 걸 보니 이 날라리 언니는 구재겸 누나가 분명하다. 저렇게 노는 언니가 전혀 안 놀게 생긴 구재겸의 누나라니. 그림이 잘 그려지지 않았다. 그나저나 구재겸은 아빠 자가용으로 등교를 하나 보다. 우리 학교는 걸어서 20분, 뛰어가면 10분 걸리는 가까운 거리다. 중학교가 훨씬 더 먼데 누나는 걸어가고 구재겸은 자가용으로 등교를 하다니. 뭐야, 얘 왕자병 환자인 건가?

교실에 들어서자 수림이가 기다렸다는 듯이 나에게 바싹 다가섰다.

"구재겸은 너보다 일찍 오더라. 오늘도 못 만났어?"

"음, 몰라."

수림이는 아침마다 구재겸에 관해 물었다. 구재겸과 내

가 같은 라인에 산다는 얘기를 들은 뒤부터 부쩍 심해졌다. 하지만 오늘도 난 해 줄 말이 없다. 구재겸의 자가용 등교 같은 시시콜콜한 것까지 전하며 수림이의 호기심을 부채질 하고 싶진 않았다.

"구재겸 엄마 아빠 본 적 있어? 형제는 있어?"

"나도 몰라."

"아는 게 뭐야? 같은 라인에 사는 거 맞아?"

수림이가 투덜대자 경이가 수림이를 놀리며 물었다.

"뭐야, 너 재 진짜 좋아하는 거야? 고백할 거야?"

그러자 유라가 궁금해서 못 견디겠다는 얼굴로 물었다.

"누가? 누가 누굴 좋아해?"

"아이참, 아냐, 그런 거."

수림이가 딱 잡아뗐다. 하지만 눈은 저절로 구재겸을 향하고 있었다. 경이와 유라도 수림이 시선을 따라갔다. 책을 들여다보고 있던 구재겸이 뭔가 이상한 듯 우리 쪽을 보았다. 그러자 세 아이들이 후다닥 고개를 돌리고 아무 일 없었다는 듯 딴전을 피웠다. 그 바람에 나만 구재겸과 눈이 마주쳤다. 구재겸은 마치 관심이 귀찮다는 듯 낮은 한숨을 쉬더

니 후드 모자를 신경질적으로 덮어썼다. 그것도 모자라서
오른팔을 괴어 얼굴을 가렸다.

'윽! 뭐 저런! 왕자병 환자!'

나는 핑 콧방귀를 날려 주었다.

상대편 드리블을 막아 내지 못하고 …

또다시 한 점을 내주자 이창현은 열받은 모양이었다.

"야야, 거기 뚫렸잖아! 뛰어야지!"

"아, 미치겠네. 그거 하나 못 막냐? 굼벵이도 너보단 빠르
겠다."

이창현은 구재겸을 향해 마구 퍼부었다. 그러거나 말거
나 구재겸은 도통 뛸 생각이 없다. 남자애들끼리 고개를 절
레절레 흔들며 손짓 발짓을 해 댔다.

쟤 뭐냐? 쟤는 안 돼! 내가 뭐랬냐? 넣지 말자고 했잖아.
인원이 부족한데 그럼 어떡해?

뭐 이런 대화인 것 같았다. 여자애들은 운동장 벤치에서 과자를 먹으며 그 장면을 고스란히 지켜봤다. 수림이는 막말을 서슴지 않는 이창현을 향해 연신 눈을 흘겨 댔다.

"이창현 쟤 왜 저렇게 못됐냐? 운동 좀 잘하면 다야? 뭐든지 맘대로 하려고 해."

옆에서 경이가 참 알 수 없다는 표정으로 고개를 갸웃거렸다.

"얼굴은 운동 엄청 잘할 거처럼 생기지 않았냐? 노답이다, 구재겸."

구재겸이 전학 온 지 한 달 남짓 되었다. 그사이 구재겸을 사이에 두고 우리 반 남자애들과 여자애들은 묘한 신경전을 벌였다. 더 정확히 말하자면 구재겸을 구제불능이라고 무시하는 이창현 그룹과 구재겸을 이창현으로부터 안전하게 지키려는 안수림 그룹으로 나뉘었다. 수림이와 친하다는 이유로 유라, 경이, 나는 안수림 그룹에 속했지만 당연히 그건 내 의지가 아니다.

"의지? 그런 건 개나 줘 버려! 너네는 새로 전학 온 구재겸이 이창현의 폭언과 폭력에 희생당하는 걸 보고만 있을 거니?"

"폭력을 당한 적은 없잖아?"

"언어폭력도 폭력이야. 이창현, 말을 함부로 하잖아."

구재겸의 별명은 '만찢남-만화를 찢고 나온 남자'이다. 그 별명을 듣는 순간 나는 먹던 밥을 뿜을 뻔했다. 별명을 붙여 준 애가 누군지는 모르지만 짐작은 갔다. 수림이는 안 그런 척하면서 늘 구재겸을 지켜볼 수 있는 자리로 어떻게든 우리를 몰아갔다. 그러다 보니 어쩔 수 없이 구재겸을 자주 관찰하게 되었다.

구재겸의 깨끗하고 귀염성 있는 얼굴과 마른 몸은 만찢남 정도는 아니지만 여자애들의 보호 본능을 자극할 만하다. 게다가 크고 괄괄한 목소리로 고래고래 소리를 질러 대는 다른 남자애들과 달리 구재겸은 말이 없고 잘 웃지도 않는다. 뭘 물으면 '꼭 대답해야 해?' 하는 표정으로 상대를 지그시 응시하다가 미간을 찡그리며 마지못해 단답형으로 대답한다. 수림이 말에 의하면 그럴 때의 구재겸은 다른 차원에서 이제 막 도착해서 아직 지구에 적응하지 못한 외계의 귀족 같다나 뭐라나.

하지만 모든 것을 신체 지능으로 판단하는 남자애들 입장에서 보면 구재겸은 유치원생보다 못한 지능을 가진 애였다. 구재겸은 몸 놀리는 일이라고는 평생 해 보지 않은 사람처럼 모든 운동에 꽝이었다.

지금도 시합을 하는 20분 동안 마치 100미터 달리기를 하고 난 것처럼 헉헉거렸다. 후드 모자를 뒤집어쓴 채 우두커니 서 있다가 공을 놓치기 일쑤였다. 이창현이 "뛰어!", "잡아!" 소리를 질러 대야만 마지못해 몸을 움직였다.

구재겸이 운동장에 나오는 것은 자발적인 참여라기보다는 강압에 의한 참석이 맞다. 우리 반 남자애들을 다 합쳐야 축구팀이 완성되기 때문이다. 남자애들은 구재겸을 끼워 주면서도 함부로 대했다. 그중에서도 이창현의 험악한 타박은 시간이 갈수록 점점 심해졌다.

"아이씨, 뛰는 건 바라지도 않는다구! 바로 앞에 있는 공도 못 막냐구? 너네, 쟤 공 한 번이라도 차는 거 봤어? 공이 안 보이나 봐. 공이 뭐 땅콩만 하냐?"

이창현은 분이 풀릴 때까지 구재겸을 깠다. 일부러 들으라는 듯 아이들을 모아 놓고 크게 떠들었다. 남자아이들 모

두 이창현에게 동조하는 눈빛으로 구재겸을 흘깃댔다. 하지만 구재겸은 이창현에게 대거리를 하거나 맞서지 않았다. 그저 묵묵히 티셔츠로 얼굴을 문지르기만 했다. 그럴 때의 구재겸은 무슨 생각을 하는지 도무지 알 수가 없었다. 수림이는 구재겸을 까는 이창현을 공공의 적인 양 노려보았다.

"야, 이창현! 같은 반 친구를 씹어 대면 속이 풀리냐? 주장인 네가 잘못한 건 하나도 없고? 좀 주장답게 굴어라."

이창현은 수림이에게 덤비려고 하다가 애꿎은 쓰레기통을 냅다 차고는 자리로 돌아갔다. 쓰레기통 정도로 이창현의 분이 풀릴 리는 없었다. 진짜 사건다운 사건은 방과후에 일어났다.

수업이 끝난 후 아이들이 웬만큼 빠져나간 교실에서 이창현과 두세 명의 남자아이들이 뭔가를 들여다보고 있었다.

"와, 완전 진짜 같다!"

아직 교실을 벗어나지 않은 아이들이 무슨 일인가 싶어서 하나둘 모여들었다.

이창현이 손에 들고 있는 건 플라스틱으로 만든 뱀파이어 이빨이었다. 하얀 이빨은 진짜 사람의 것 같았고 송곳니와 붉은 잇몸은 섬뜩했다. 몇몇 애들은 그걸 보고 꽥 소리를 지르며 물러났다. 나는 엘리베이터에서 봤던 구재겸의 송곳니가 떠올랐다.

남자애들은 그 이빨을 만져 보고 캐스터네츠처럼 부딪쳐 보았다. 이창현이 그것을 입에 끼우자 아이들이 와 하며 탄성을 내질렀다.

"진짜 뱀파이어 같다!"

이창현은 아이들의 반응이 즐거운지 크아아, 소리를 내며 덤벼들기까지 했다. 아이들이 이창현을 피해 갈라졌다. 갈라진 아이들 사이로 구재겸이 성큼성큼 걸어왔다. 구재겸의 얼굴이 빨갛게 상기되어 있었다. 가까스로 화를 억누르고 있는 것 같았다. 곧이어 낮고 으르렁거리는 듯한 목소리로 말했다.

"너 뭐야! 왜 남의 가방을 뒤져!"

"뒤진 거 아니거든. 그냥 눈에 띄었거든."

이창현이 싱글싱글 웃으며 대꾸했다.

"내놔! 당장!"

"어이구, 무서워. 이제 보니 구재겸 겁나 무섭다."

몸을 부르르 떠는 시늉을 하는 이창현 얼굴에 장난기가
그득했다. 플라스틱 이빨을 원래 있던 작은 헝겊 주머니에
넣어 빙글빙글 돌렸다. 어, 그런데 그 주머니가 왠지 낯설지
않았다.

"너 아직도 이런 거 갖고 노냐? 어쩐지 뛰는 게 꼭 유딩 같
다 했어."

곁에 있던 남자애 몇몇이 덩달아 낄낄댔다.

"한 대 맞기 전에 당장 내놔!"

구재겸이 타이르듯이 말했다. 그러자 이창현 얼굴에서 장난기가 싹 가셨다.

"뭐?"

이창현이 주머니를 틀어쥔 채 구재겸에게 바싹 다가섰다.

"이게! 너야말로 한 대 맞기 전에 조심해! 여자애들한테 인기 좀 있다고 눈에 뵈는 게 없냐?"

구재겸이 이창현의 손에서 주머니를 뺏으려 했다. 이창현은 잽싸게 손을 피했다. 뺏으려는 구재겸과 뺏기지 않으려는 이창현 사이에서 몸싸움이 벌어졌다. 이창현이 구재겸의 손을 세게 뿌리쳤다.

"그래, 돌려줄 테니 어디 한번 가져가 보시지."

이창현은 창밖으로 주머니를 힘껏 던졌다.

구재겸의 하얀 얼굴이 …

마치 은박지처럼 구겨졌다. 우리 교실은 기역자 건물의
가장 바깥쪽에 있다. 운동장 방향으로 창문이 난 다른 교실
과 달리 2층 우리 반 창문은 야트막한 동산 쪽으로 나 있다.
하필이면 주머니는 담장을 훌쩍 넘어 비탈진 동산 쪽으로
떨어졌다.

이창현은 어깨를 으쓱하며 이죽거렸다.

"미안, 팔 힘이 좀 세서. 너무 멀리 갔네."

구재겸은 턱에 잔뜩 힘이 들어가 아주 다른 사람처럼 보
였다. 두 주먹을 불끈 쥔 채 이창현을 노려보던 구재겸이 밖

으로 나갔다. 구재겸의 어깨가 이창현의 어깨에 세게 부딪
쳤다. 이창현이 욱하며 구재겸에게 주먹을 휘두를 기세였
지만 제가 한 짓이 있어서인지 그쯤에서 멈췄다. 아이들은
모두 창문에 매달려 아래를 내려다보았다.

"어떡해! 어디로 간 거지?"

수림이가 창문 너머를 두리번거리며 중얼거렸다.

그때 구재겸이 담벼락으로 다가서는 게 보였다. 설마……
저 담을 넘으려는 건 아니겠지?

동산과 학교의 경계를 이루는 담벼락은 학교 안쪽에서 보
면 얕아 보이지만 바깥쪽으로는 꽤 비탈진 언덕으로 이어
진다. 그래서 장난삼아 담을 넘어가려던 개구쟁이들도 바
깥에 대롱대롱 매달렸다가 다시 안쪽으로 넘어오곤 한다.
요즘은 아이들이 몰래 던진 휴지 조각, 낡은 실내화, 일그러
진 캔, 사발면 용기 같은 각종 쓰레기만 담장을 넘어간다.
이창현이 던진 이빨 주머니는 아마도 그 쓰레기 더미 속에
처박혀 있을 것이다. 그런데 구재겸이 담장을 오르기 시작
했다.

"헐, 저 자식, 넘어가려나 봐."

이창현이 어이없다는 듯 말했다. 공도 제대로 못 차고 헉헉대는 애가 담장을 넘을 수 있을까. 모두들 재미있는 텔레비전 프로그램을 구경하듯 지켜보고 있었다.

"어? 진짜 넘어가려는 모양인데?"

"야, 올라가는 건 누구나 해. 올라가서가 문제지."

"그래, 나도 한 번 가 봤는데 발이 땅에 안 닿아. 팔 빠지는 줄 알았다니까."

구재겸이 담벼락에 매달려 용을 쓰고 있는 사이 더 많은 아이들이 모여들었다.

"야, 구재겸, 위험해. 너 선생님한테 이른다!"

수림이가 소리쳤다. 하지만 진짜 선생님한테 달려가지는 않았다. 구재겸은 담벼락을 간신히 올라간 후 꼭대기에 걸터앉아 아래를 내려다보았다.

"봐라, 이제 다시 내려올 거야."

이창현이 확신에 차서 중얼거렸다. 마치 주문을 걸듯 구재겸을 뚫어지게 쳐다보면서 말이다. 하지만 이창현의 주문은 먹히지 않았다. 구재겸이 잠시 비틀거리는가 싶더니 그대로 담장 밖으로 사라져 버렸다.

"어?"

"어머!"

"으악!"

아이들이 동시에 비명을 질렀다. 이창현도 당황한 듯 창문으로 바싹 다가섰다. 남자아이들 중 하나는 창문 위로 올라서서 담장 바깥쪽을 내다보았다. 하지만 구재겸의 모습은 보이지 않았다. 아무리 기다려도 되넘어 오지도 않았다.

수림이가 이창현을 흘겨보며 말했다.

"만에 하나 구재겸 다쳤으면 이창현 너 큰일 났다."

"그게 왜 내 책임이야? 말도 안 돼!"

이창현은 펄쩍 뛰었지만 내심 불안한 표정이었다. 안 되겠는지 담장으로 달려가 바깥쪽을 둘러보기도 했다. 하지만 구재겸은 사라지고 없었다.

아이들은 미적거리며 교실을 떠나지 않았다. 그러다 하나둘 교실을 빠져나갔다. 교실이 텅 빌 때까지 구재겸은 돌아오지 않았다. 구재겸 자리에는 주인 없는 가방만 덩그러니 매달려 있었다. 마지막까지 남아 있던 수림이가 재겸이 가방을 번쩍 들더니 나에게 신호를 보냈다.

"가자, 빛나야."

"어딜?"

"어디긴? 구재겸네 집이지."

수림이가 앞장서서 걸었다. 나는 어미 닭을 따르는 병아리처럼 뒤따라갔다. 하지만 교문을 나서자마자 우리는 차를 세우고 기다리고 있던 수림이 엄마에게 딱 걸렸다.

"아차, 학원 레벨 테스트 가야 해."

수림이는 엄마 눈을 피해 얼른 가방을 나에게 넘겼다.

"미안, 빛나야, 네가 갖다 줘."

"야, 나더러 어쩌라고!"

일 벌여 놓고 나 몰라라 하는 수림이 때문에 난처할 때가 한두 번이 아니다. 가만히 뒀으면 본인이 알아서 가져갔을 텐데 괜히 가방을 들고 나와서는. 하여튼 수림이 오지랖은 알아 줘야 한다. 수림이는 혀를 내밀어 미안한 듯 웃어 보이고는 엄마 차를 타고 사라져 버렸다. 나는 화나고 짜증스러웠지만 별수 없이 내 가방에 구재겸 가방까지 들고 집으로 향했다.

502호 초인종을 두 번이나 눌렀는데도 인기척이 없었다.

'아직 안 왔나?'

혹시 많이 다쳐서 혼자 어딘가 쓰러져 있는 건 아닐까 조금 걱정되었다. 그만 돌아가려는데 문이 열리고 구재겸의 누나가 고개를 내밀었다.

"뭐야?"

언니는 퉁명스럽게 내게 물었다.

"저, 구재겸이랑 같은 반 친군데요…….."

언니는 눈을 가늘게 뜨고 내 얼굴을 뚫어지게 쳐다봤다.

"너야……?"

"네? 아니 그게 아니라…… 구재겸이 가방을 놔두고 갔길래……요."

"가방?"

나는 구재겸의 가방을 건넸다. 언니는 어리둥절한 표정으로 나와 가방을 번갈아 봤다. 상황을 어떻게 설명해야 할지 난감했다.

"어, 그니까…… 구재겸이 교실에서 나갔는데……."

"싸웠어?"

"아니요, 제가 그런 게 아니고, 아니 아니, 싸운 게 아니고 요⋯⋯."

손사래 치는 나를 바라보는 언니 얼굴에 언뜻 웃음이 스 쳤다. 보아하니 구재겸은 아직 돌아오지 않은 듯했다.

"암튼 가방요."

"알았어. 가 봐."

언니는 제 할 말만 하고 문을 콕 닫았다.

너무 당황스러웠다. 고맙다는 말 같은 건 바라지도 않았 지만 말도 안 끝났는데 문을 닫아 버리다니. '뭐 저런 언니 가 있어!' 구재겸이나 그 누나나 똑같이 개매너다.

뱀파이어와 사랑에 빠지는 법 - 8화

글★달빛신부

"레이, 고작 작고 볼품없는 계집아이 하나 때문에 끝장이 나다니, 으하하하하."

마리의 영혼이 봉인된 유리구슬을 손에 든 채 더블랙은 흉악한 웃음을 짓고 있었다.

더블랙이 유리구슬을 흔들 때마다 죽은 듯 누워 있던 마리가 움찔움찔 고통스럽게 몸부림을 쳤다.

레이의 눈빛은 그 어느 때보다 이글거렸다. 분노가 온몸을 감싸며 오라를 만들었다.

"살고 싶으면 구슬을 내려놔라, 더블랙!"

"뭐라구? 너야말로 죽고 싶구나."

더블랙과 레이의 눈빛이 공중에서 부딪치자 번개가 일었다. 나무가 쓰러지고 바위가 부서졌다. 호수의 물이 끓어올라 수증기가 되어 사라졌다.

"어디 한번 가져가 보시지."

더블랙이 있는 힘껏 유리구슬을 던졌다. 유리구슬은 검은 하늘을 날아 이내 숲 너머로 사라졌다.

"아, 미안하군. 내 팔 힘이 너무 세서 말이야. 으하하하하."

더블랙의 웃음소리에 숲이 들썩거렸다. 레이는 유리구슬이 사라진 방향으로 빠르게 날아가기 시작했다.

안 돼 레이! 동이 트고 있어. 제발…… 가지 마.

마리의 몸속에 약하게 남아 있는 의식은 레이를 애타게 부르고 있었다. 햇빛 속에서 그가 녹아 없어져 버릴지도 모른다. 그러나 레이는 숲 저편으로 사라진 뒤였다.

담임 선생님이 어제 일을 …

꼬치꼬치 물으셨다. 구재겸과 이창현이 싸운 일, 이창현이 뱀파이어 이빨을 담장 밖으로 던져서 구재겸이 담을 넘은 일이 다 밝혀졌다. 그런데 교무실을 기웃거리던 수림이가 놀라운 사실을 하나 더 가져왔다. 구재겸이 전학생이 아니라 복학생이라는 것이다.

"분명히 선생님이 이창현한테 그랬어. 원래대로라면 구재겸이 중학생이라고, 학교를 쉬다가 다시 나왔으니 적응할 수 있게 잘 도와주라고."

"대박! 그럼 구재겸이 선배인 거야?"

수림이 얘기를 듣고 아이들이 술렁거렸다. 교무실에서 돌아온 이창현 얼굴은 똥 밟은 표정이었다.

"선배는 무슨. 우리랑 같이 학교 다니면 그냥 친구지."

이창현은 다 들으라는 듯 중얼거렸다. 교실로 들어오던 구재겸도 그 말을 들었다. 하지만 아무것도 못 들은 척 조용히 자리에 앉았다. 우리는 머리를 맞대고 소곤거렸다.

"그런데 왜 휴학을 했지? 유학 갔다 왔나?"

"어디 아팠나?"

"혹시 이런 거 아닐까?"

유라가 뜸을 들였다.

"왜 그 있잖아. 왕따당하고 학교에 적응 못 하고 병원에 입원하고. 그러니까 다니던 학교가 아닌 우리 학교로 복학했지."

"칫, 소설을 써라."

수림이가 픽 웃었다.

"하긴 좀 이상한 구석이 있는 애야."

"맨날 후드 모자 덮어쓰고 뭔가 있어 보이려고 무지 애쓰지 않냐?"

경이와 유라가 번갈아 가며 맞장구를 쳤다.

"구재겸이 좀 까칠하고 도도하긴 하지."

수림이가 한마디 거들었다. 나는 수림이를 툭 치며 말했다.

"너는 그러면 안 되는 거 아냐? 너 구재겸 좋아하잖아?"

"그냥 그렇다는 거지. 까칠한 게 멋있잖아."

"그나저나 진짜 궁금하네. 왜 휴학을 했을까?"

구재겸이 담장을 넘은 사건은 반성문을 쓰는 정도로 마무리되었고, 담장에는 높은 쇠창살이 세워졌다.

"미안해."

이창현은 담임 선생님과 아이들이 보는 앞에서 구재겸에게 정식으로 사과했다. 이창현으로서는 대단히 용기를 낸 일이었을 것이다. 하지만 구재겸은 고개만 한 번 끄덕였을 뿐이다. 이창현은 자존심이 상했는지 인상을 팍 구기며 돌아섰다.

겉으로는 달라진 게 없는 것 같았다. 하지만 알게 모르게 구재겸은 이창현을 둘러싼 남자애들 사이에서 전보다 더 외톨이가 되어 갔다. 이창현이 모든 남자애들을 아우르는 커다란 원이라면 구재겸은 작은 점이었다. 원은 점을 아무도 모르게 괴롭혔다.

툭하면 구재겸의 사물함에 쓰레기가 가득 들어 있고 신주머니가 다른 반 복도에 가 있었다. 누군가 축구공처럼 차서 건너편 복도로 몰고 가거나 엉뚱한 곳에 던져 놓고 사라져 버리는 것이다. 오늘 오후에도 구재겸의 신주머니가 쉼터의 등나무 지붕에 올라가 있었다. 구재겸은 대책 없이 올려다보고만 있었다. 나는 내 신주머니를 열 번도 넘게 던져 덩굴 위에 걸려 있던 그 애의 신주머니를 떨어뜨려 주었다. 구재겸은 조용히 신주머니를 들고 가 버렸다. 고맙다는 인사 같은 건 기대도 안 했지만 진짜 그냥 가 버리니까 완전 기분 나빴다.

멀어져 가는 구재겸의 뒷모습은 내 궁금증을 자극했다. 휴학한 이유가 대체 뭐였을까? 진짜 왕따였을까? 구재겸 미스터리 하나가 더 늘었다.

아침에 늦잠을 자는 바람에 …

밥도 못 먹고 서둘러 학교로 뛰어갔다.

'칫, 우리 엄만 딸한테 너무 관심이 없어.'

엄마가 병원에서 돌아오지 않았다. 그전에도 하루 정도 는 가끔 있는 일이었다. 수술 후 환자의 경과를 지켜봐야 하 거나 응급 환자가 있을 때였다. 그런데 이틀씩이나 나 혼자 지내게 하다니 병원에 일이 나도 단단히 난 모양이었다.

병원에서 집까지는 버스로 세 정거장 거리다. 밤에 집에 못 들어올 때는 낮에 잠깐 들러 옷을 갈아입곤 했는데 이번 에는 그마저도 없었다. 먼저 자라거나, 밥 먹고 학교 가라거나 하는 몇 번의 다급하고 짤막한 통화가 전부였다. 오늘 아침에는 전화조차 생략이었다. 우리 엄마는 도대체 얼마나 대단한 의사이기에 하나밖에 없는 딸도 나 몰라라 할 정도로 바쁜 걸까?

교실로 들어가자 아이들이 삼삼오오 모여서 수군거리고 있었다. 수림이가 호들갑스럽게 물었다.

"빛나야, 너네 엄마 병원에 바이러스가 퍼졌다며? 사실이야?"

"뭐? 그게 무슨 말이야?"

나는 심드렁하게 되물었다. 지각을 간신히 면하기는 했지만 내 빈속은 심술로 뒤틀렸다. 수림이가 휴대 전화로 인터넷에 접속해 긴급 속보를 전해 주었다. 시내 모 병원에 원인을 알 수 없는 바이러스가 퍼져서 수많은 응급 환자가 생겼다고 한다. 번개를 맞으면 이런 기분일까?

"아냐, 우리 엄마 병원 아닐 거야."

나는 고개를 절레절레 저었다.

"잘 봐, 우리 동네에 있는 종합 병원이잖아."

유라가 기사를 가리키며 콕콕 집듯이 말했다. 경이가 걱정스럽게 물었다.

"너네 엄마 아무 말씀 없으셨어? 바이러스 위험한 거래?"

아이들이 호기심 가득한 얼굴로 둘러서서 내 대답을 기다렸다.

"우리 엄마…… 병원에 있어."

수림이, 유라, 경이가 번갈아 눈빛을 교환하며 물었다.

"바이러스 퍼졌는데 병원에 출근하셨어?"

"병원 격리됐다는데? 안에 있는 사람도 못 나온대."

그제야 의문이 풀렸다. 엄마가 집에 못 오는 이유가 그거였다. 아이들이 소란스럽게 떠들어 대는 소리도 잘 안 들렸다. 엄마가 병원에 있다는 사실이 미칠 듯 걱정되고 불안했다. 엄마에게 계속 전화를 했지만 받지 않았다.

"별일 아닐 거야."

친구들에게 한 말이지만 실은 나 자신에게 한 말이었다. 아이들을 둘러보다가 구재겸과 눈이 마주쳤다.

나무늘보처럼 책상과 하나되어 엎드려만 있던 구재겸이 웬일로 똑바로 앉아서 나를 바라보고 있었다. 구재겸의 눈동자에 갈색빛이 돈다는 걸 처음 알았다. 그 눈빛이 안타까

움으로 읽힌 것은 내 마음 상태 때문이었을까.

뉴스 때문에 학교 전체가 술렁거렸다. 선생님들이 회의를 하는 동안 우리는 자습을 했다. 한참 만에 선생님이 들어오셔서 부모님이 병원에서 근무하는 사람 손 들어 보라고 했다. 우리 학교에는 부모님이 그 병원에 근무하는 아이들이 많다. 하지만 우리 반에는 나 하나였다. 나를 쳐다보는 선생님과 아이들이 부담스러웠다. 어떻게 수업을 마쳤는지 모르겠다.

집은 텅 비어 있었다. 엄마가 다녀간 흔적은 어디에도 없었다. 텔레비전을 켜 보니 방송사마다 속보를 내보내느라 난리였다. 기자가 시내 모 병원에 원인 불명의 바이러스가 퍼졌다는 뉴스를 앵무새처럼 반복했다. 바이러스에 감염된 사람이 혼수상태에 빠졌고 얼마나 더 많은 사람들이 감염됐는지 알 수 없다고 했다. 화면에 비친 곳은 너무나도 익숙한 병원이었다. 더럭 겁이 났다. 저 병원에 우리 엄마가 있다. 엄마에게 무슨 일이라도 생기면 어쩌나 싶어 가슴이 두 방망이질을 해 댔다.

"엄마는 괜찮아. 엄마는 의사잖아."

저녁이 다 되어서야 엄마에게 전화가 왔다. 전화기를 통해 전해지는 엄마의 목소리는 무척 지친 듯했다. 하지만 금세 쾌활한 목소리로 말했다.

"걱정 마. 뉴스는 원래 과장해서 보도하고 그러는 거야.

금방 괜찮아질 거야. 내일은 집에 들어갈 테니까 밥 잘 챙겨 먹고 문단속 잘하고 있어.”

엄마의 목소리를 듣고 나니 그제야 마음이 놓였다.

배에서 꼬르륵 소리가 났다. 생각해 보니 아침부터 변변히 먹은 게 없었다. 엄마가 없으니까 편의점 진수성찬도 당기지 않았다. 마른 빵에 치즈를 끼워 우물거리고 있는데 초인종이 울렸다. 502호 날라리 언니가 문 앞에 서 있었다.

“여기가 그 재수탱이 의사 샘 집이야?”

언니는 내 어깨를 밀고 무작정 들어왔다.

“어, 어?”

졸지에 당한 일이라 그런 소리밖에 안 나왔다.

“왜 그러세요?”

어리둥절해서 물었다. 언니는 쓱 돌아서더니 내 얼굴을 자세히 들여다보았다. 그러더니 혼잣말처럼 중얼거렸다.

“그러니까 네가 그 재수탱이 의사 샘 딸이란 말이지.”

아까부터 우리 엄마를 재수탱이라고 부르고 있다. 몹시 기분이 나빠서 언니를 꼬나봤다.

“우리 엄마 재수탱이 아닌데.”

이번에는 내 몸을 위아래로 훑어보더니 픽 웃었다.

"누가 모녀 아니랄까 봐."

나는 내 옷차림을 내려다보았다. 제주도가 그려진 청바지가 뭐 어때서? 나는 양미간을 모으고, 있는 힘껏 째려 주었다. 언니는 내 시선 따위는 아랑곳하지 않고 우리 집 구석구석을 살폈다. 그러더니 생각난 듯 뚝배기를 식탁 위에 놓았다.

"그거, 너 먹으래."

"어? 우리 엄마 뚝배긴데."

얼마 전 엄마가 '감세이'에서 공동 구매한 '절대 식지 않는 뚝배기'였다. 그런데 왜 저 뚝배기가 언니네 집에 있었지?

"너네 엄마가 한 거 더럽게 맛없어."

"헐!"

정말 예의 없는 언니였다. 코에서 김이 팍팍 나왔다.

"이 시래기밥이 훨 맛있을 거다."

어? 우리 집에도 유기농 시래기가 한 박스 있었는데. 그게 어디로 사라졌지? 박스가 놓여 있던 베란다가 텅 비어 있었다.

"언니네 엄마가 만든 거야?"

"아빠."

"언니네 엄마가 이걸 보냈다고?"

"아빠! 나 엄마 없어."

언니가 도장 찍듯 꾹꾹 힘주어 말했다.

"그 밥은 우리 아빠가 만든 거야. 지난번에 봤지? 그 목소리 좋은 아저씨. 우리 아빠는 식품 회사에서 밥맛 연구하는 연구원이거든. 그래서 밥을 아주 잘해."

누가 물어봤나? 이 언니, 생각보다 속이 없다. 시키지도 않은 자기 집안 얘기를 잘도 한다. 아, 그런데 재겸이네는 엄마가 없구나.

"근데 언니네 아빠가 우리 엄마랑 나를 어떻게 알아?"

"그야 병원…… 아, 암튼 그런 게 있어."

언니는 무슨 말을 하려다 말고 손사래를 쳤다. 그러고는 집에 가겠다며 나서더니 현관에서 몸을 돌려 말했다.

"나는 구재인이야. 구재겸 누나야, 누나!"

"아, 알아."

"우린 쌍둥이야."

아하! 쌍둥이. 근데 왜 그렇게 안 닮았을까? 까칠하고 비쩍 마른 남자애와 쓸데없이 말이 많은 날라리 여자애. 도저히 쌍둥이 오누이의 조합이 그려지지 않았다.

"네, 쌍둥이 언니. 안녕히 가세요."

얼떨결에 깍듯하게 인사를 했다. 문이 닫힌 후에야 뭐 그렇게까지 공손하게 인사를 할 필요는 없었다는 생각이 들었다. 그보다 우리 엄마가 왜 재수탱이인지 물어봤어야 했는데 그걸 놓쳐서 몹시 억울했다.

"칫, 남의 엄마를 함부로 재수탱이래."

시끄럽게 떠들던 언니가 사라지자 집 안이 갑자기 물속같이 고요해졌다. 허기가 몰려왔다. 뚝배기에서 고소한 밥 냄새가 났다.

혹시나 했지만 역시나 …

깜깜했다. 아파트 마당에서 올려다본 13층 우리 집 말이
다. 빈집에 들어가기 싫어서 벤치에 털썩 주저앉았다.

엄마는 일주일째 집에 오지 못하고 있다. 환자들과 함께
병원에 격리되었다고 했다. 아무렇지도 않게 드나들곤 했
던 병원이 지금은 철벽 요새가 됐다. 하얀 방역복을 입은 사
람들이 입구를 막고 있어서 가까이 다가갈 수조차 없었다.

"당분간 집에 못 갈 거 같아. 얼마나 있어야 될지 모르겠
어. 역학 조사 결과가 나와 봐야 알아."

전화기 너머로 들리는 엄마 목소리는 근심과 피로가 가득

했다.

"빛나, 아빠 집에 며칠 가 있을래?"

아빠 집이라는 말에 귀가 솔깃했다. 아빠 집에는 작고 귀여운 내 동생 명우가 있다.

아빠가 아줌마랑 결혼한 후 처음 그 집에 갔을 때 나는 엄마가 아닌 다른 사람에게 여보라고 부르는 아빠가 정말 싫었다. 집으로 돌아와서 얼마나 많이 울었는지 모른다. 엄마는 그런 나를 토닥여 주었다. 아빠가 아줌마와 결혼했다고

해서 내 아빠인 게 변하는 건 아니라고 했다. 동생이 태어나
도 마찬가지라고 했다.

3년이 지난 지금도 여전히 아줌마는 낯설고 아빠는 서먹
하다. 그래도 아기 명우는 좋았다. 명우가 태어난 후 꽤 오
랫동안 아빠 집에 가 보지 못했다. 가서 질리도록 명우 얼굴
을 보고 같이 놀고 싶었다. 하지만 엄마가 병원에 격리된 이
시기에 아빠에게 가는 건 내키지 않았다.

"엄마, 걱정 마. 나 혼자 있을 수 있어."

나는 부러 큰소리쳤다. 나를 돌봐 주시던 할머니가 몸이
불편해지셔서 고향으로 돌아가신 후 초등학교 3학년부터
줄곧 난 혼자 잘해 왔다. 엄마가 일찌감치 전기밥솥 사용법
을 가르쳐 준 덕분에 밥 정도는 할 줄 안다. 게다가 단골로
다니는 분식집과 편의점도 코앞이었다. 어릴 때부터 혼자
밥 먹는 것도 익숙하다. 하지만 밤에 혼자 자야 하는 건 좀
무서웠다. 텔레비전에서 바이러스 전파 소식과 함께 엄마
가 있는 병원을 자꾸 보여 주니까 불안했다.

내일이면 다 괜찮아질 거야. 엄마가 올 거야. 나쁜 생각을
털어 버리듯 고개를 흔들었다. 하지만 기분은 나아지지 않

왔다. 오늘따라 반톡도 잠잠했다. 아니면 나만 빼고 다른 톡방에 모여 있는지도 모른다. 생각만으로도 가시에 찔렸을 때처럼 가슴 한쪽이 따끔따끔 아파 왔다.

낮에 있었던 일이 떠올랐다. 수업이 끝나고 나오려는데 갑자기 생각난 듯 수림이가 내게 말했다.

"아 참, 나 어디 좀 들러야 돼. 빛나야, 먼저 가."

"기다릴게."

수림이랑 나는 집이 같은 방향이라 우린 늘 함께 가곤 했다.

"아냐, 오래 걸릴지도 몰라. 너 먼저 가."

"그래, 알았어."

마침 반납할 책이 있어 1층 도서관에 들렀다 나왔다. 교문을 막 벗어나는데 저만치 앞에 수림이랑 경이, 유라가 나란히 걸어가고 있었다. 세 친구들은 무슨 재미있는 얘기를 나누는지 머리를 맞대고 소곤거렸다. 거기 내 자리는 없었다. 5분도 안 걸리는 시간이었다. 오래 걸릴지 모른다는 말은 뭐였을까? 수림이가 나랑 같이 가기 싫어서 둘러댄 게 뻔했다. 그리고 처음부터 삼총사였던 것처럼 셋이 즐겁다.

'칫, 나쁜 지지배들.'

역시 바이러스 때문일까? 반 친구들이 나를 두고 수군거리는 걸 알고 있다. 마치 내게 바이러스 균이라도 묻은 것처럼 슬쩍 스치기만 해도 호들갑을 떨었다. 하지만 다른 친구는 몰라도 사총사는 그러면 안 된다. 사총사는 유치원 때부터 알고 지낸 사이고 우린 많은 것을 함께했다. 누구보다 내 편이 되어 줄 거라고 생각한 친구들이었는데……. 어두워지니 이런저런 일들이 두서없이 떠오르며 울적해졌다.

두 발을 벤치에 올린 채 휴대 전화로 게임을 했다. 얼마나 시간이 흘렀는지 모르겠다. 고개를 드니 금색 동전 같은 보름달이 나를 내려다보고 있었다.

"보름달이 뜨면 뱀파이어가 나타난다."

"아 깜짝이야!"

구재겸이 손전등을 들고 내 앞에 서 있었다. 나는 어쩐지 호들갑을 떤 것 같아서 신경질적으로 말했다.

"무슨 잠꼬대야?"

구재겸이 상자 하나를 내밀었다.

"이거 우리 아빠가 너 갖다 주래."

"이게 뭔데?"

상자 안에는 간편하게 데워 먹을 수 있는 찌개와 국이 잔뜩 들어 있었다. 미역국, 아욱국, 곰국, 육개장, 김치찌개, 된장찌개 등등 종류도 갖가지였다. 이 정도면 한 달은 너끈히 먹고살 수 있을 것 같았다.

"아빠 회사에서 나온 시제품들이래. 설명서 보고, 그거, 식지 않는 뚝배기……."

"절대 식지 않는 뚝배기?"

엄마가 요리 블로그에서 공동 구매한 뚝배기를 말하는 것 같다.

"응, 거기다 데워 먹으래."

"고마워. 잘 먹을게."

나는 생각난 듯 물었다.

"근데 나 여기 있는 거 어떻게 알았어?"

구재겸은 대답 대신 자기 집을 올려다봤다. 502호 베란다에서 벤치가 바로 내려다보였다. 나를 내려다보고 있었단 말인가? 뭔가 들킨 것 같아 괜히 창피했다.

구재겸이 조금 머뭇대더니 주머니에서 뭔가를 꺼냈다.

"이거…… 네 거야."

이창현이 창밖으로 집어던졌던 주머니였다. 이 주머니를 찾으려고 구재겸이 담장을 넘어 사라졌었다. 그 안에는 뱀파이어 이빨이 들어 있었다.

"이게 어째서 내 거야?"

구재겸이 주머니를 펼쳐 보여 주었다. 주머니 뒤쪽에 반짝이는 실로 수놓은 'ㅂ'과 'ㄴ' 두 글자. 어릴 때 나를 돌봐 주던 할머니는 어디서 구해 오셨는지 금색 실로 내 옷과 소지품마다 이름을 새겨 주셨다. '빛나' 두 글자는 좀 버거우셨던지 ㅂ과 ㄴ 두 개의 자음만 수놓아 주셨다. 어쩐지 주머니가 낯익다 했다.

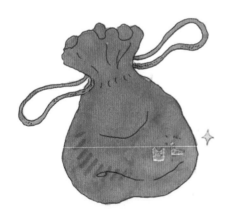

머릿속에 불이 반짝 켜지는 것 같았다.

어릴 때 종종 병원 안에 있는 놀이방에서 놀곤 했다. 엄마가 근무하는 병원 놀이방은 넓고 장난감도 많았다. 거기 갈 때면

내 이니셜이 새겨진 그 주머니에 과자와 사탕, 손수건을 넣어가지고 다녔다.

어느 날 주머니에 뱀파이어 이빨이 들어 있었다. 아마도 엄마 동료 중에 누군가 먼 나라에서 사 온 기념품이라며 선물한 것을 할머니가 주머니에 넣어 두었던 것이리라. 나는 내 주머니에 그게 들어 있는 게 싫어서 주머니를 팽개치며 울기 시작했다.

"이거 어디서 났어?"

나는 구재겸에게 물었다. 구재겸은 대답 대신 어깨를 으쓱해 보였다.

"혹시…… 우리 어릴 때 만난 적 있어?"

설마…… 그 아이? 울고 있는 내 옆으로 다가와 나를 달래 주던 아이가 생각났다. 얼굴은 기억나지 않는다. 작고 하얀 얼굴에 대머리였다는 것만 기억난다. 대머리가 신기해서 만져 보기까지 했었다. 뱀파이어 이빨을 끼우고 익살을 부려 나를 웃게 해 주던 아이.

"혹시 대머리 뱀파이어가 너야?"

구재겸이 소리 없이 씩 웃었다. 내 가슴속에서 뭔가가 쿵 내려앉았다.

늘 후드를 뒤집어쓰고 있어서 알지 못했다. 하얗고 마른 얼굴에 떠오른 그 애의 미소가 얼마나 환한지를. 자석에 끌리듯 나도 모르게 구재겸의 얼굴을 뚫어지게 바라보았다. 그러다 마치 주머니를 보고 있었던 것처럼 얼른 시선을 수습했다. 내 소설 속에는 아이돌 스타보다 멋진 주인공이 차고 넘친다. 고작 구재겸 정도에게 정신을 뺏길 내가 아니다. 하지만 아까부터 콩닥콩닥 뛰고 있는 가슴은 쉽게 진정되지 않았다.

구재겸이 손전등을 켜더니 자기 턱 밑에 바짝 갖다 댔다. 얼굴에 그늘이 생겼다.

"봐, 난 날마다 조금씩 송곳니가 자라나고 있어. 그때부터."

입술 사이로 하얗고 가지런한 이가 드러났다. 그 애의 송곳니가 유독 하얗고 길었다.

"야아…… 하지 마!"

구재겸이 손전등을 끄고 또 웃었다.

"아이참, 하지 말라구."

웃지 말란 말이야. 마음속으로 이렇게 외쳤다. 구재겸의
입가가 좌우로 살짝 말려 올라가면서 적당히 도톰한 입술
이 보기 좋게 벌어졌다. 나를 향해 빙긋이 웃던 대머리 남자
아이의 얼굴과 정확히 겹쳐졌다.

"진짜 너구나, 대머리 뱀파이어!"

"난 금방 알아보겠던데……."

구재겸이 뒷말을 흐렸다. 나는 미안하고 무안한 마음에
눈앞에서 달랑거리는 주머니를 얼른 받아들었다.

"괜찮아?"

구재겸이 물었다.

나는 뭘 말하는 거냐고 되묻지 않았다. 그냥 고개를 끄덕
였다. 안 괜찮을 리 없다. 엄마는 오늘 밤에라도 무사히 돌
아올 테니까. 이번에는 내가 구재겸에게 물었다.

"너는 괜찮아?"

구재겸도 무얼 묻는지 묻지 않은 채 또 한 번 어깨를 추어
올렸다.

"난 신이니까. 불사신."

"뭔 소리래? 유치하다."

유치하다. 한없이 유치하다. 나도 모르게 픽 웃음이 났다. 입술이 벌어지지 않게 앙다물었다. 다행히 구재겸은 하늘을 올려다보고 있었다.

"송곳니 얘기, 너 말고 아무한테도 얘기한 적 없어. 비밀 지켜. 보름달 아래에서 한 약속을 어기면 무시무시한 일이 일어나."

그땐 그게 무슨 의미인지 잘 몰랐다. 비밀이라니 내가 좀 특별해진 것 같아 으쓱했을 뿐.

우리는 나란히 앉아 달을 바라봤다. 아무 말 하지 않아도 말을 하고 있는 것 같았다.

상황이 점점 더 안 좋아졌다 …

응급 환자 중 한 명이 사망했고, 환자 몇 명은 위급한 상
태라는 속보가 전해졌다. 병원에서 가까운 데다 의료진이
많이 살고 있는 우리 동네가 위험 지역으로 보도된 후 취재
차량이 학교 주위를 맴돌기 시작했다.

학교에 나오지 않는 아이들도 점점 늘어났다. 우리 반에
도 꽤 여러 명이 결석을 했다. 수림이랑 경이, 유라, 그리고
구재겸도 오늘 학교에 나오지 않았다. 등교한 친구들도 바
이러스 얘기뿐이었다. 엄마가 병원에 격리되어 있다는 소
식은 내가 말하지도 않았는데 잘도 퍼졌다. 아이들은 나를

피했고, 나는 잘못도 없이 주눅이 들었다.

학교에서 돌아오는 길에 엄마 전화를 받았다. 엄마 목소리는 묵직하게 가라앉아 있었다.

"빛나, 집으로 곧장 가서 간단하게 짐 싸. 아빠가 데리러 갈 거야."

"왜?"

"며칠 동안 아빠 집에 가 있어야 해."

"아빠 집에 가기 싫은데. 그냥 집에 혼자 있을래."

"엄마 말 들어. 너도 뉴스 들어서 알고 있지? 엄마는 지금 격리된 상태야. 그리고 병원에 응급 환자들도 많아. 환자를 돌봐야 하는데 네가 혼자 집에 있으면 걱정돼서 엄마가 여기 일을 할 수가 없어."

"엄마는? 엄마는 괜찮아?"

나는 응급 환자를 돌본다는 말에 엄마가 걱정되었다.

"응, 엄마는 괜찮아."

"나 학교 가야 하는데 어떡해?"

아빠네 집은 통학하기에 너무 먼 곳이다.

"학교…… 안 가도 돼. 선생님하고 얘기했어."

"결석하기 싫어!"

"엄마 말 좀 들어 제발!"

엄마 목소리가 갑자기 높아졌다.

"엄마……."

"집에 가서 다시 전화해, 알았지?"

전화가 끊겼다. 휴대 전화를 귀에 댄 채 주위를 살폈다.

학교 앞 도로에 승용차가 즐비하게 서 있었다. 엄마 아빠들이 하교하는 아이들을 서둘러 차에 태우고 있었다. 사람들은 얼굴을 완전히 가리는 마스크를 쓰고 있어서 누가 누군지 알아볼 수가 없었다. 큰길로 빠져나가는 차들 때문에 길이 막혔다. 마치 재난 영화의 한 장면 같았다. 영화에서 사람들은 더 안전한 곳으로 피난을 가기 위해 서로 먼저 가려고 난리였다. 그런 난리 속에 나 혼자 버려진 것 같아 무서웠다. 정신없이 집으로 달려가 가방을 챙겼다.

아빠는 약속 시간을 훨씬 지나 나타났다. 엄청 바쁜데 나를 데리러 회사에서 잠깐 외출했다고 했다. 아빠는 나를 아빠네 집 앞에 내려 주고는 그대로 회사로 돌아갔다. 나는

집 앞에서 서성댔다. 아줌마랑 아기가 있는 그 집에 선뜻 들어설 수가 없었다.

아빠네 집에 마지막으로 갔을 때가 1년 전이었다. 아줌마가 낳은 아기가 돌이 되었을 때 선물을 사 가지고 갔었다. 아줌마는 내가 건넨 아기 선물을 웃으며 받았다. 하지만 끝내 풀어 보지 않았다. 엄마랑 내가 한 시간 넘게 고른 아기 옷인데 말이다. 그 후로 가끔 아빠랑 밖에서 밥을 먹은 적은 있지만 집에 놀러간 적은 없었다.

초인종을 누르지 않았는데 도어록이 풀리며 문 안쪽에서 명우를 안은 아줌마가 나타났다.

"왜, 들어오지 않고."

"안녕하세요."

나는 꾸벅 인사를 하고 안으로 들어섰다.

"명우야, 안녕?"

아줌마 품에 안긴 명우에게 알은체를 했다. 명우는 수줍은 듯 엄마 품에 폭 파묻혔다. 그 모습이 너무 귀여워서 손을 잡으려고 했다. 그러자 아줌마가 화들짝 놀라며 얼른 명우 몸을 돌렸다.

"손 씻어야지. 가글도 하고."

학교 선생님 같은 말투에 나도 모르게 움찔했다.

손발을 씻고 가글을 한 후에야 명우와 제대로 된 인사를
할 수 있었다. 명우는 아직 말을 잘하지는 못하지만 내 손을
잡고 장난감이 있는 방으로 가서 놀자고 했다. 겨우 돌 때
한 번 봤으니까 나를 기억할 리가 없는데 명우는 내가 맘에
드는 모양이었다. 나는 명우와 놀면서 통통한 그 볼을 만져
보고 싶었다. 하지만 아줌마는 내가 명우를 만지는 게 싫은
것 같았다.

아줌마는 엄마가 격리되어 있는 병원 얘기를 꼬치꼬치 캐
물었다. 하지만 어떤 질문에도 대답해 줄 수가 없었다. 나
도 뉴스에서 본 것 외에는 아는 게 없기 때문이다. 아줌마는
내가 속 시원하게 대답하지 않는 것이 또 못마땅한 듯했다.

밥을 먹다 내가 재채기를 하자 아줌마가 깜짝 놀라며 명
우를 막아섰다. 호들갑스럽게 내 귀에 체온계를 갖다 대며
언제부터 기침을 했느냐, 다른 증상은 없느냐고 몇 번이나
물었다. 나는 귀찮고 울적하고 피곤했다. 반나절이 한 달처
럼 느껴졌다. 아빠가 빨리 왔으면 하는 마음뿐이었다. 하지

만 아빠는 좀처럼 돌아오지 않았다. 아줌마는 명우를 재우러 안방으로 들어가고, 나는 작은 방에서 아빠를 기다리다 설핏 잠이 들었다.

몇 시나 되었을까. 두런두런 얘기 소리에 선잠을 깼다. '빛나', '학교', '기침' 이런 말에 귀가 번쩍 뜨였다. 아빠랑 아줌마가 내 얘기를 하고 있었다. 아줌마 언성이 조금 높아졌다. 나도 모르게 두 사람 얘기를 엿듣게 되었다.

"아니, 담임이 학교에 보내지 말랬다면서, 그런 애를 어떻게 우리 집으로 보내냔 말이에요."

"이 사람아, 그럼 어린애를 빈집에 혼자 놔둬?"

"6학년이 무슨 어린애예요?"

"일주일만 데리고 있으면 돼. 조금만 참아."

"빛나 몸이 안 좋은 거 같아서 영 찜찜해요. 아까도 밥 먹다 계속 기침을 하더라구요."

아줌마는 자꾸 재채기를 기침이라고 했다.

"기침을?"

아빠 목소리가 흔들렸다. 나는 침을 꿀꺽 삼키고 다음 말을 기다렸다. 아빠가 나를 걱정하나 싶어 은근히 기분 좋았다.

"기침 나고 열나고 머리 아프고…… 그게 바이러스 증상 아니에요? 혹시라도 명우한테 무슨 일이라도 생기면 어쩌나 불안하다고요!"

"재수 없게 왜 그런 말을 해?"

아빠의 마지막 말이 유리 조각처럼 따갑게 내 가슴에 박혔다. 아빠가 무슨 말인가를 더해 주기를 간절히 바랐다. 나를 두둔하는 말 한마디 더해 주기를. 하지만 아빠는 그 말을 끝으로 피곤하다며 안방으로 들어가 버렸다. 아줌마도 자러 들어가고 집 안은 완전히 고요해졌다. 하지만 나는 좀처럼 다시 잠을 이룰 수가 없었다.

사실 아까부터 몸이 안 좋았다. 재채기도 나고 으슬으슬 추웠다. 아빠가 들어와서 '우리 빛나 괜찮니?' 하며 이마라도 한번 짚어 주기를 기다리고 있었다. 엄마가 없는 동안 무섭고 힘들지는 않았는지 물어봐 주기를 바랐다. 어쩌면 어렸을 때처럼 아빠랑 나란히 누워 잠들 때까지 얘기를 나눌 수도 있을 거라고 생각했다. 하지만 아빠는 끝내 내가 있는 방을 들여다보지 않았다. 명우에게 재수 없는 일이 생길까 봐 그것만 걱정하고 있었다. 혹시라도 나 때문에 명우가 아프면 아빠는 나를 미워할지도 모르겠다.

마음 깊숙이 서리서리 엉켜 있던 서러움이 어둠 속에서 툭툭 비어져 나왔다. 언제부턴가 내가 아빠네 집에 오기로 약속한 날이 되면 꼭 아기가 아프거나 다른 일이 생겼다. 한 달에 한 번씩 아빠를 보기로 한 약속은 흐지부지되었다. 나는 그게 엄마 탓이라고만 생각했었다. 내가 아빠네 새 가족을 만나는 걸 엄마가 달가워하지 않기 때문이라고 말이다.

하지만 그게 아닐 수도 있다는 생각이 비로소 들었다. 아빠에게 이제 내 자리는 없었다. 가슴이 찌르르 아파 왔다. 너무 아파서 숨을 쉴 수가 없었다.

식탁에 아빠와 마주 앉은 나는 …

밤새 연습한 대로 최대한 자연스럽게 말했다.

"아까 엄마한테 전화 왔는데 오늘 병원에서 나온대. 나 집에 갈래."

혹시라도 엄마에게 확인 전화를 해 보겠다고 할까 봐 다음 말도 연습해 두었다. 엄마 휴대 전화 망가졌대. 하지만 그런 말은 할 필요가 없었다. 아빠 표정이 밝아지며 바로 이렇게 말했다.

"그래? 잘됐네."

"정말 다행이다!"

아줌마 목소리도 날아갈 듯 가볍다. 아빠가 시계를 들여다보며 혀를 찼다.

"근데 어떡하나. 아빠가 회사 출근이 급해서 데려다주지 못할 것 같은데……."

"나 혼자 갈 수 있어. 지하철 타면 돼."

"그래요, 6학년이면 다 컸는데 뭐."

아줌마가 명우를 어르며 거들었다. 나는 당연하다는 듯 고개를 끄덕였다.

"그럴래 그럼?"

"아휴, 엄마가 무사히 돌아와서 다행이다!"

아빠와 아줌마가 활짝 웃으며 나를 보았다. 나는 이 집에서 나갈 수 있어서 다행이었다.

어떻게 집까지 왔는지 모르겠다. 바퀴 가방을 끌고 지하철을 탈 때까지는 문제없었다. 그런데 환승하면서 반대 방향의 지하철을 타는 바람에 한참을 가다 되돌아와야 했다. 너무 긴장해서인지 진땀이 났다. 온몸이 뻐근하게 아파 왔다. 마치 몸이 공중에 떠 있는 듯 멍했다. 지하철 안에서 잔기침을 몇 번 하자 옆에 앉아 있던 사람들이 슬금슬금 자리

를 피했다. 마스크를 쓰고 기침을 꾹꾹 참았다.

　지하철역에서 집까지 걸어오는 길이 너무 멀게 느껴졌다. 머리가 지끈거리고 자꾸 눈이 감겼다. 아파트 입구에서 우리 집을 올려다보았다. 엄마가 돌아와 있다면 얼마나 좋을까? 13층을 보다가 나도 모르게 5층으로 눈길이 갔다. 베란다 난간에 기댄 채 나를 내려다보고 있는 건 분명 구재겸이었다.

'쟤가 왜 저러고 앉아 있지?'

머리가 흔들려서 더는 생각을 이어 나갈 수가 없었다.

집에 도착하자마자 소파에 풀썩 쓰러져 그대로 잠이 들었다.

땀에 푹 젖은 채 깨어나 보니 깜깜한 어둠 속이었다. 여기가 어디더라? 눈을 껌벅이며 한참을 생각했다. 윙, 냉장고 돌아가는 소리가 귀에 익었다. 그 소리를 듣자 우리 집에 있다는 안도감이 몰려들었다. 몸을 일으키려 했지만 꼼짝할 수가 없었다. 온몸이 와들와들 떨리면서 바늘로 찌르는 것처럼 아팠다. 누가 이불을 좀 덮어 주었으면. 물 한 모금만 주었으면. 가방 안에서 휴대 전화 진동이 울렸다. 엄마였다.

"빛나! 너 어디야?"

엄마의 다급한 목소리가 울렸다. 목소리를 내 보려고 했지만 입술부터 목구멍까지 바싹 말라 있었다.

"너 대체 어디야? 아빠네 집에 있으라니까 왜 말 안 듣고!"

"어, 엄마…… 나, 집."

잔뜩 갈라진 목소리로 엄마를 불렀다.

"뭐야? 빛나, 너 왜 그래?"

"엄마, 나 아파. 아파 죽겠어."

참고 참았던 설움이 목구멍을 타고 꾸역꾸역 올라왔다.

"어디가 어떻게 아픈데? 바보야, 그럼 아빠한테 말을 했어야지. 어쩌자고 집으로 와!"

"아빠 미워! 그 집 싫어!"

나는 전화기를 붙들고 도리질을 했다. 왈칵 울음이 터졌다.

"빛나…… 어떡하니. 엄마가…… 엄마가 지금 갈 수가 없어…….."

엄마의 목소리가 점점 잦아들었다.

"엄마…… 우리 선생님이 나 학교 오지 말라 그랬어? 정말 그랬어?"

잠시 침묵이 이어졌다.

"응, 그랬어. 선생님도 어쩔 수 없어서 그러신 거야. 다른 엄마들이 걱정을 하니까."

"그럼 나 학교 못 가? 공부 못 해?"

대답 대신 훌쩍 콧물 들이마시는 소리가 들렸다. 엄마는 울고 있었다.

"빛나아, 엄마가아 미안해……."

말꼬리를 늘이며 축축하게 젖어드는 엄마의 목소리를 들으니 더 눈물이 났다.

"엄마가 왜? 엄마도 환자 돌보느라 힘들잖아."

"그래…… 이해해 줘서 고마워."

엄마랑 나는 전화기를 사이에 두고 울먹이느라 말을 잇지 못했다. 어둠 속에서 생각했다. 엄마가 있는 곳도 이렇게 춥고 어두울까? 꺼이꺼이 실컷 울고 나니 몸이 가벼워지는 느낌이 들었다. 서서히 어둠이 익숙해지기 시작했다.

도어록 버튼 누르는 소리가 들렸다.

'누구지? 엄마가 돌아왔나? 설마 아빠?'

소파에 누워 있다가 고개를 들었다.

"누구세요?"

내가 소리 지르자 검은 그림자가 멈춰 섰다.

"나야."

현관 센서등 아래 서 있는 사람은 재인이 언니였다. 언니

뒤로 아저씨도 보였다.

"진짜 와 있네."

언니와 아저씨가 나를 내려다보며 걱정스러운 듯 말했다. 우리 집 비밀번호를 어떻게 알았지? 멍한 눈으로 두 사람을 바라보았다. 재인이 언니랑 아저씨가 동시에 물었다.

"너 어디 아파?"

"빛나야, 많이 아프니?"

나는 소파에서 반쯤 몸을 일으켰다가 다시 누웠다. 아저씨가 내 얼굴을 들여다보았다.

"아빠한테 갔다더니 언제 왔어? 엄마가 너무 걱정하시길래 와 본 거야."

"우리 엄마가요……?"

뭔가 말을 하고 싶은데 입안이 바짝 말라서 아무 말도 안 나왔다. 아저씨는 내 이마를 짚어 보고 체온을 쟀다. 목이랑 눈동자를 살피고 이런저런 증상을 물어보며 가지고 온 종이에 체크했다. 그리고 어디론가 전화를 했다.

그사이 재인이 언니가 시원한 물 한 잔을 갖다주었다. 태어나서 그렇게 달고 맛있는 물은 처음이었다. 물을 다 마시

고 나니 정신이 한결 맑아졌다. 언니가 젖은 수건을 내밀었다. 뭘 하라는 건지 몰라 멀뚱멀뚱 보고 있으니 언니가 답답하다는 듯 물수건으로 내 얼굴이랑 목을 닦아 주었다. 차가운 물수건이 닿으니 몸이 으스러질 듯 아팠다. 아이고아이고, 나도 모르게 신음이 나왔다. 언니는 움츠러드는 내 팔을 꼭 붙들고 닦아 주었다. 그럴 때의 언니는 정말 언니 같았다. 오늘은 무릎 나온 추리닝 바지에 심지어 쌩얼이었다.

"엄마가 네 증상을 듣더니 단순 감기 몸살 같대. 그래도 역학 조사는 받아야 한대서 보건소에 연락해 뒀어."

아저씨가 내게 말했다.

"아저씨가 우리 엄마한테 전화했어요……?"

"너 몰랐냐? 우리 아빠랑 너네 엄마랑 절친이야. 남사친 여사친 이런 거라구."

재인이 언니 말을 들으니 가뜩이나 멍한 머리가 더 멍해졌다. 아저씨가 우리 엄마 절친? 구재겸 아빠가 우리 엄마의 남자사람친구? 도톰한 콧방울을 벌름거리며 아저씨가 웃고 있었다. 왼쪽 볼에 살짝 보조개가 들어간 얼굴은 참 착하고 다정해 보였다.

"걱정 마. 감기 몸살은 푹 쉬고 잘 먹으면 낫는 거야. 빛나는 뭐 좋아해? 뭐 먹고 싶은 거 없어?"

나는 고개를 저었다. 입안에 모래를 물고 있는 것 같았고 아무것도 먹고 싶은 게 없었다.

"시래기 된장죽 어때?"

아저씨 말이 떨어지기가 무섭게 재인이 언니가 버럭 소리를 질렀다.

"아, 뭐래? 나물을 박스째 갖다 놓고, 냄새 아주 지겨워 죽겠어!"

나물 박스! 우리 집에 있던 나물 박스가 그 집으로 간 모양이다.

"나물? 유기농?"

내 질문에 재인이 언니가 당연한 걸 묻냐는 듯 째려봤다.

"재수탱이 아줌마, 맨날 외계인 음식 갖고 와서 진단을 해 달라고 하질 않나, 시래기를 박스째 갖다 놓지를 않나. 우리 집이 음식물 쓰레기통인 줄 안다니까."

"재인아, 아줌마가 아직 자연 친화적인 요리에 익숙하지 않아서 그래."

"그니까 아빠는 왜 감세인지 뭔지를 알려 줘 가지고 사서 고생을 하냐구."

아저씨가 뒷머리를 긁적이며 입맛을 쩝쩝 다셨다.

"빛나 밥 때문에 하도 고민하길래 알려 줬지. 빛나야, 엄마가 창의력이 좀 넘치시지? 그냥 감세이에서 알려 주는 대로만 하면 되는데."

그러니까 감세이를 알려 준 게 아저씨였구나. 아저씨는 엄마에 대해 많은 걸 알고 있구나. 우리 엄마가 의욕은 넘치는데 의욕만큼 실력이 뒤따라 주지 않는 것도, 성장기인 내 밥 때문에 고민하는 것도 죄다 알고 있구나. 아저씨랑 재인이 언니는 마치 친구 같구나……. 열에 달뜬 채 티격태격하는 아저씨랑 언니를 바라보고 있자니 실제인지 꿈결인지 헷갈렸다.

아저씨는 갑자기 나타나서 되게 친한 척하는데 그게 하나도 이상하지가 않았다. 오래전부터 나를 알고 있던 것같이 익숙하게 대해 주었다. 재인이 언니는 날라리 포스에 오리처럼 꽥꽥 소리를 질러 대지만 어른스럽고 듬직한 구석이 있다. 아까 물수건으로 얼굴을 닦아 줄 때도 한두 번 해 본

솜씨가 아닌 것 같았다.

그나저나 저렇게 시끄러운 두 사람 곁에서 말없는 구재겸은 어떻게 지낼까? 가족과는 말도 하고 웃으며 지낼지도 모른다. 그런 모습은 상상이 잘 안 됐다. 창백한 얼굴의 구재겸이 오리처럼 꽥꽥대는 장면을 떠올리니 절로 웃음이 났다.

아저씨가 투덜대는 재인이 언니를 끌고 돌아갔다. 언니의 시끌벅적한 말소리가 사라지자 집 안이 갑자기 조용해졌다. 언니랑 아저씨가 다녀가기 전과 똑같이 조용한데 그때랑 느낌이 달랐다. 더 편안하고 아늑했다.

나른함이 온몸으로 번지며 다시 잠이 들었던 것 같다. 잠에서 깼을 때 머리맡에 좋은 냄새를 풍기는 뚝배기가 놓여 있었다. 내가 잠든 새 누군가 다녀간 모양이다. 아저씨일까 재인이 언니일까? 어쩌면…… 구재겸일지도 모른다.

문자 메시지가 왔다 …

－괜찮냐?

구재겸이었다. 답 문자를 보냈다.

－응. 너희 아빠가 죽 끓여다 주셨어.

－학교 휴교했어.

－아. 언제까지?

－나오라고 할 때까지.

－대박.

－애들은 신나 죽겠대. 학원도 안 간대.

－정말 신나겠네.

갑자기 감당할 수 없을 정도로 많은 시간이 생겼다. 그러
니 다들 얼마나 신날까.

-난 신나지 않아.

-나두.

-왜?

-왜?

구재겸과 내가 동시에 문자를 보냈다.

-엄마가 병원에 있으니까.

-뱀파이어니까.

또 알아들을 수 없는 소리를 한다. 그래도 누워서 문자 주
고받을 수 있는 누군가가 있다는 게 좋았다. 사총사 친구들
의 톡방은 며칠 전부터 굳게 닫혀 있었다.

잠시 후 구재겸에게 또 문자가 왔다.

-현관문 열어 봐.

문 앞에 쇼핑백 하나가 놓여 있었다.

그 안에는 만화책과 영화 DVD,
지렁이 모양의 젤리가 잔뜩
들어 있었다.

－지루한 투병 생활에 필요한 것들. 엄청 유치하고 찌질한 영화가 딱임.

－잘도 아네.

－그럼. 내가 선배니까.

망설이다 너무 궁금했던 것을 물어보았다.

－근데 너네 엄마는 어디 계셔?

－저 위.

－위 어디?

－보름달 안에.

－웩.

농담인가 했는데 다시 생각해 보니 농담이 아닌 듯했다.

－돌아가셨어?

－ㅇㅇ

갑자기 할 말을 잃었다. 괜히 물어본 것 같아 미안했다. 이럴 땐 위로를 해야 하나? 사과를 해야 하나?

－적어도 미워할 일은 없겠다.

보내 놓고 보니 이상했다. 나는 혼자 머리를 쥐어박았다. 무슨 말이든 이어 가야 한다.

-우리 엄마 아빠는 이혼했어. 가끔 나 때문인가 싶어.

-왜 너 때문이야?

-모르겠어. 그냥, 내가 엄마 아빠의 혹 같은 느낌이 들어.

-나야말로 혹.

-넌 왜?

-그냥. 혹 중에서도 악성 종양.

-헐. ^^;;;

문자는 참 이상하다. 망설이게도 되고 털어놓게도 된다. 옆에 있으면 죽어도 못 할 말이 술술 나오기도 하고 옆에 있는 것보다 더 위로를 받기도 한다. 구재겸과 내가 문자로 이런 얘기를 나누다니. 우리가 혹시 친구가 된 건가?

-잠 안 오면 문자해.

-잠 안 와.

한참 지나서 문자가 왔다.

-밖으로 나와.

겉옷을 입고 신발을 신는데 어찔어찔했다. 팔다리가 내 것이 아닌 듯 따로 놀았다. 그래도 바깥바람을 쐬고 싶었다. 엘리베이터를 타고 내려가니 저만치 구재겸이 서 있었다.

구재겸과 나는 천천히 걸었다 …

동네는 쥐죽은 듯 고요했다.

"이 시간에 돌아다니는 거 처음이야."

"난 가끔 나와. 심심하고 잠도 안 올 때, 베개만 봐도 멀미 날 때."

"맞아, 멀미!"

하도 누워만 있었더니 이제 베개만 봐도 신물이 올라왔다. 베개를 베고 누우면 차를 오래 탔을 때처럼 속이 안 좋고 불편했는데 구재겸이 딱 맞는 말을 해서 반가웠다.

나는 조금 뜸을 들이다가 말했다.

"왜 밤에 돌아다녀? 무섭게."

"……뱀파이어들은 햇빛 알레르기가 있어."

"풋, 그런 게 있는데 어떻게 축구를 해?"

"아직까지는 견딜 만해. 긴팔을 입으니까."

"거짓말."

"난 거짓말 안 해."

구재겸이 정색을 하고 나를 쳐다봤다. 구재겸의 서늘하고 커다란 눈 안에 내가 있었다. 심쿵! 엉겁결에 고개를 끄덕였다. 생각해 보니 구재겸은 항상 긴팔 후드 티에 모자를 눌러쓰곤 했다. 운동장에서 조금만 뛰어도 얼굴이 벌겋게 달아오르고 헐떡거렸다.

"그것 때문에 운동이 힘든 거야?"

"……그럴 수도 있고 아닐 수도 있고. 난 애들이랑 어울려서 운동해 본 적 없어."

"정말? 그럼 친구들하고 뭐하고 놀았어? 게임? 만화책?"

남자애들은 축구, 농구, 야구 빼면 놀 게 없다고 하던데.

"놀아 본 적이 별로 없어."

"헐, 그럼 뛰어다닐 일도 없었겠네."

"난 주로 날아다녀."

"뭐?"

구재겸의 말은 어디까지가 농담인지 헷갈린다. 일일이 태클 걸기에는 힘에 부쳤다. 오늘은 그냥 들어 주기로 했다.

구재겸이 골목 끝을 가리켰다.

"저쪽이야."

"여긴…… 으스스하다."

희미한 가로등 불빛 사이로 2, 3층짜리 다가구 주택이 검은 그림자를 늘이고 서 있었다. 미로처럼 뻗어 있는 좁은 길들을 구재겸은 익숙하게 걸어갔다. 길은 야트막한 동산으로 이어졌다.

"이 길로 끝까지 가면 학교로 연결되어 있어."

"정말?"

얼마쯤 더 걷자 갑자기 날이 밝아 오듯 사방이 환해졌다. 가지가 휘어질 듯 흐드러지게 핀 흰 꽃 때문이었다. 검고 그늘진 나무들 사이로 새하얀 꽃무리를 품은 나무 서너 그루가 서 있었다.

"와! 예쁘다!"

나는 환성을 지르며 꽃나무 아래에 섰다.

뭉게구름, 새하얀 레이스 커튼, 눈꽃. 그 어떤 말로도 꽃무리를 표현하기 힘들었다. 심호흡을 하며 향기를 들이마셨다. 가슴속의 나쁜 기운이 다 나가고 향기로 채워지는 기분이었다.

"이 나무 참 멋있다. 냄새도 완전 좋아."

"이팝나무야. 새하얀 꽃이 꼭 이밥처럼 보여서 그렇게 부른대."

"이밥? 쌀밥 말하는 거지?"

구재겸이 꽃가지를 쥐고 흔들자 향기가 더 진해졌다.

나무에 새하얗게 피어 있는 흰 꽃 무더기를 보니 왠지 마음이 그득해지는 느낌이었다.

"……너한테 보여 주고 싶었어."

구재겸 말에 얼굴이 슬며시 달아올랐다. 구재겸도 쑥스러웠는지 얼른 말꼬리를 돌렸다.

"이 꽃은 멀리서 봐야 더 멋있어."

나도 심호흡을 하며 딴전을 부렸다.

"땀 냄새 났는데 잘됐다. 꽃향기 잔뜩 묻혀 가야지."

실은 두근거리는 심장을 진정시키고 싶었던 거다.

"땀 냄새가 어때서. 살아 있다는 증거잖아."

말을 안 할 때는 몰랐는데 구재겸은 노인네 같은 구석이 있다. 그런데 그 말을 듣는 순간 왜 가슴이 더 뛰는 거지? 내 심장 소리가 들릴까 봐 구재겸에게 더 멀찍이 떨어졌다.

"저녁에 돌아다니는 거 은근 재밌어. 잠도 잘 올걸."

구재겸 말대로 기분 좋게 나른해졌다. 꽃 냄새를 잔뜩 맡아서인지 몸도 한결 가벼워진 느낌이었다.

그날 밤 꿈을 꾸었다. 한밤중 이팝나무 사이를 막 날아다니는 꿈이었다. 엄마 아빠도 보였고 친구들도 나타났다 사라졌다. 구재겸도 있었다. 이팝나무 아래서 구재겸의 송곳니가 번득였다. 그 애의 몸 전체가 창백한 은빛으로 일렁거렸다. 나는 구재겸의 얼굴을 어루만졌다. 송곳니와 볼, 대머리를 차례대로 쓰다듬었다. 대머리, 너였니? 까르르까르르 내 웃음소리는 어릴 때 그대로였다.

웃음소리에 놀라 잠에서 깼다고 생각했는데, 전화벨이 울리고 있었다. 보건소 역학 조사 결과 이상 없음이었다. 전화기 너머 들려오는 엄마 목소리가 밝았다.

뱀파이어와 사랑에 빠지는 법 - 12화

글★달빛신부

"아름답다!"

마리가 흰 꽃무리 속에서 외쳤다.

"너에게 보여 주고 싶었어."

레이가 마리에게 다가왔다. 흰 꽃을 두 손 가득 담아 내밀었다. 새하얀 꽃밭이었다. 마리는 꽃밭에 코를 묻고 향기를 들이마셨다.

"꽃향기도 좋아. 내 몸이 깨끗해지는 것 같아."

그때 레이가 마리의 머리에 자신의 머리를 가만히 맞댔다.

"난 네 땀 냄새가 더 좋아. 살아 있다는 증거잖아."

레이는 깊이 심호흡을 하며 말했다.

"마리, 살아 있어 줘서 고마워."

약하게 뛰고 있던 마리의 심장이 그대로 멈춰 버릴 것 같았다.

"이 꽃은 멀리서 봐야 해."

레이가 마리의 손을 잡고 공중으로 날아올랐다. 마리의 몸이 새처럼 가볍게 떠올랐다. 눈앞에 흰 꽃무리가 끝도 없이 펼쳐졌다. 새하얀 꽃구름 위로 보름달이 떠오르기 시작했다. 레이의 몸은 달빛을 받아 서서히 투명해졌다.

자판을 두드리다가 …

머리를 책상에 쿵쿵 박았다.

"미쳤어! 미쳤어!"

내 소설 속 레이의 모습이 어느새 구재겸으로 바뀌어 있었다. 나도 모르는 사이 그렇게 되어 버렸다. 상상 속의 레이가 살아서 구재겸의 얼굴을 하고 돌아다녔다. 더 미치겠는 건, 레이가 구재겸을 닮아 버린 순간부터 소설이 날개를 단 듯 잘 써진다는 것이다. 나는 진짜 작가처럼 하루 몇 시간씩 소설에 매달렸다. 임시 휴교로 시간이 많아졌기 때문에 가능한 일이었다.

바이러스 감염이 아니라는 결과를 받고도 나는 며칠을 더 앓았다.

열이 떨어지고 몸이 어느 정도 회복되자 집에 갇혀 지내는 게 힘들어지기 시작했다. 나도 다른 애들과 마찬가지로 학교와 학원을 시계추처럼 오갈 뿐 다른 일로 시간을 보내 본 적이 없었다. 갑자기 주어진 혼자만의 자유 시간을 감당할 수가 없었다. 혼자 밥 먹는 것도 텔레비전도 만화책도 지겨웠다.

친구들은 뭘 하며 지낼까? 반톡에 간간이 심심해 못 견디겠다는 넋두리가 올라왔다. 댓글을 달고 싶지는 않았다. 아프다는 게 알려지는 것도 싫었다. 수림이와 경이, 유라 우리 사총사 친구들은 전화 한 통 없었다. 다들 뭘 하며 지낼까? 반 친구들과 선생님에 대한 서운함, 완벽하게 혼자라는 외로움 때문에 나는 여전히 아팠다.

검은 도화지같이 까만 창밖을 내다보고 있다가 불현듯 나가야겠다는 생각이 들었다. 어두워지자 겉옷을 걸치고 슬리퍼를 끌고 밤거리로 나섰다. 약속이나 한 듯 구재겸도 밤 산책을 위해 어슬렁어슬렁 나왔다.

다른 때 같으면 집으로 돌아오는 학생들과 직장인들이 많았을 시간이다. 하지만 거리는 텅텅 비어 있었다. 지나다니는 버스에도 사람이 별로 없었다. 어쩌다 지나치는 사람들도 마스크를 쓴 채 서둘러 발걸음을 옮겼다.

구재겸과 함께 조용한 동네를 휘젓고 다녔다. 이팝나무까지 산책을 했다. 놀이터에서 빈 그네도 실컷 타고 공원에서 맨발로 돌 위를 걸어 다니기도 했다. 편의점에 들러서 떡볶이며 만두 같은 야식을 먹는 재미도 쏠쏠했다. 텅 빈 도시를 배회하는 좀비가 된 기분이 나쁘지 않았다. 바이러스가준 비밀스러운 즐거움이었다.

밤늦도록 돌아다녀서 아침에는 늦잠을 잤다. 잠결에 재인이 언니의 전화를 받았다.

"야, 캠핑 가자. 빨랑 내려와."

캠핑이라는 말에 어안이 벙벙했다. 재난 영화 같은 상황에 캠핑이라니.

"누구랑? 어디로?"

"내려와 보면 알아."

번개처럼 옷을 갈아입고 여벌로 옷 하나를 더 챙겼다. 수건이랑 칫솔, 내가 좋아하는 초콜릿 바도 넉넉히 넣었다. 밑창이 두꺼운 운동화까지 챙겨 신고 달려 내려갔다. 그런데 502호 문을 여는 순간, 낚였다는 걸 알았다. 거실 한가운데 텐트가 처져 있고 캠핑 도구들이 늘어서 있었다. 502호 거실이 캠핑장이었던 것이다.

재인이 언니는 내 차림과 배낭을 보고 배를 잡고 웃었다. 구재겸도 모자까지 쓰고 나타난 나를 보고 빙그레 미소를 지었다. 나는 실망스럽고 창피해서 얼굴이 벌겋게 달아올랐다. 실컷 웃고 나서 재인이 언니가 쏘아붙였다.

"들어올 거야 말 거야? 배고파 죽겠다구."

코펠에 쌀을 안쳤다. 전기밥솥이 아닌 코펠에 밥을 짓는 건 어려웠다. 자꾸 열어 보다가 언니한테 혼났다. 언니가 코펠 위에 작은 물그릇을 얹어 두었다.

"바보야, 여긴 산이라구. 산에서 밥을 할 땐 이렇게 뚜껑 위에 무거운 걸 올려 둬야지."

밥 탄내가 고소하게 느껴졌다. 가위로 김치를 대충 썰고 참치와 두부를 넣고 찌개도 끓였다. 고기랑 소시지도 구웠

다. 재인이 언니와 재겸이는 그런 것들을 척척 해냈다. 어설픈 나와는 비교도 되지 않았다. 내 감탄의 눈빛을 읽었는지 언니가 심드렁하게 말해 주었다.

"우리한텐 이런 거 껌이야."

텐트를 치고 앉아 먹는 저녁은 꿀맛이었다. 이제까지 먹은 어떤 진수성찬보다 맛있었다.

저녁을 먹은 후에는 함께 설거지를 하고 과일도 먹고 셀카 놀이도 했다. 세상에서 제일 웃긴 표정, 제일 못난 표정을 지어 보라는 재인이 언니 주문에 나와 재겸이는 서로 더 웃긴 표정을 지어 보이려고 안간힘을 썼다. 학교에서는 상상도 할 수 없는 모습이었다.

재겸이 방도 구경했다. 엄청난 책들과 레고 작품들을 보고 눈이 휘둥그레졌다.

"저거 다 네가 만든 거야?"

내가 묻자 재겸이가 고개를 끄덕였다.

"여기 있는 책들도 다 읽었어?"

"다는 아니고 한 80프로쯤."

"헐, 대박 사건! 넌 태어나서 책만 읽었니?"

재겸이가 쑥스러운 듯 머리를 긁적였다. 곁에 있던 언니가 속삭였다.

"재겸이 쟤 혼자 놀기 달인이야. 어릴 때부터 혼자 보내는 시간이 많았거든."

다음 날 우리는 밖으로 나가기로 했다. 바이러스 때문에 음식점이며 놀이동산이 한산하다는 뉴스를 보고 재겸이가 놀이동산에 가 보고 싶다고 했기 때문이다.

텅텅 빈 지하철을 타고 11시쯤 놀이동산에 도착했다. 뉴스대로 정말 사람이 별로 없었다. 평소 같으면 두 시간 이상 기다려야 할 놀이기구도 바로 탈 수 있었다. 우리는 신나서 인기 있는 놀이기구들로만 골라 탔다. 하나같이 스피드와 스릴이 최고인 것들이었다. 재인이 언니랑 나는 공중으로 솟구쳤다 떨어질 때마다 고래고래 소리를 지르며 스트레스를 확 날려 버렸다. 하지만 옆에 앉은 재겸이는 입도 뻥긋하지 않았다. 애가 은근히 놀이기구 체질이네 싶었는데 그게 아니었다. 놀이기구에서 내리는데 보니까 얼굴이 프리지어처럼 노랗고 걸음도 비틀비틀 술 취한 사람 같았다. 그다음

부터는 우리가 타는 걸 구경만 했다.

우리는 놀이동산 안에 있는 트릭아트 뮤지엄도 들어갔다. 트릭아트는 평면 그림을 입체적으로 보이게 착시 현상을 일으켰다. 그림 속 악어 입에 머리를 들이밀고 금방이라도 잡아먹힐 듯 겁나는 표정을 짓기도 하고 맨홀에 빠져서 허우적거리기도 했다. 땅에 떨어져 있는 지갑을 주워 드는 재인이 언니는 완전 신나 보였다. 물론 두둑한 지갑은 그림의 떡이었다.

사람들은 모두 얼굴을 반 이상 가리는 마스크를 쓰고 있었다. 우리는 마스크 대신 가면을 사서 썼다. 나는 팬더 모양, 재인이 언니는 킹콩 모양, 구재겸은 해골 모양의 가면을 썼다. 해골 모양의 가면을 쓴 구재겸이 천사 날개 앞에서 찍은 사진은 정말 웃겼다.

구재겸과 재인이 언니가 액자 모양의 틀을 사이에 두고 한 사람은 안에서 한 사람은 바깥에서 손바닥을 맞대고 사진을 찍었다. 두 사람이 전혀 닮은 데가 없는 줄 알았는데 그렇게 서 있으니 정말 많이 닮았다. 재인이 언니가 나더러도 찍어 보라고 성화를 했다. 할 수 없이 구재겸과 액자를

사이에 두고 손바닥을 맞댔다. 너무 쑥스러워서 구재겸 얼굴을 쳐다보지 않았다. 나중에 사진을 보니 재겸이도 나도 화난 표정이었다. 그래도 지우고 싶지는 않았다.

다음 날도, 그다음 날도 시간만 나면 나는 재겸이네로 내려갔다.

재인이 언니랑 재겸이, 나 이렇게 셋이서 밥도 같이 먹고 공부도 하고 책도 보고 영화도 봤다. 시체 놀이하듯 낮잠도 잤다. 마치 세상에 우리 셋만 남겨진 것처럼 그렇게 며칠을 지냈다.

재인이 언니가 친구들과 전화로 수다를 떨고 문자를 주고받으며 바깥소식을 전해 주었다. 우리 학교 아이들이 많이 다니는 영어 학원에서 바이러스 확진 환자가 생겨서 건물 전체를 폐쇄하고 소독했다는 뉴스도 전해 주었다. 가끔 재겸이도 친구들과 문자를 주고받았다. 우리 반 애들인지 궁금해서 누구냐고 물었지만 어깨만 으쓱할 뿐 대답하지 않았다.

친한 친구가 한 명도 없는 줄 알았던 재겸이가 친구들과 톡을 주고받는 걸 보고 나는 좀 우울해졌다. 수림이나 경이, 유라는 뭘 하며 지낼까 궁금했다. 하지만 먼저 연락할 마음은 들지 않았다. 유일하게 톡을 주고받는 상대는 엄마뿐이었다. 엄마는 내가 쌍둥이 남매와 같이 있는 게 안심된다고 했다.

아빠는 미안한 표정으로 …

내 눈치를 봤다.

"어떻게 지내는지 궁금해서 들렀어."

혹시나 했는데 역시나 집에 가자는 말은 하지 않았다. 나는 아주 씩씩하게 잘 지내고 있으니 걱정 말라고 큰소리쳤다. 아빠랑 아줌마를 조금은 이해할 수 있다. 하지만 서운한 건 서운한 거다. 엄마는 나더러 꽁생원이라고 했다. 그게 뭔지는 모르겠지만 쉽게 맘이 열릴 것 같지는 않다.

그렇게 꼬박 2주가 지나서야 임시 휴교령이 풀렸다. 애들이 밀린 얘기를 하느라 교실은 시장 바닥 같았다. 나도 모처럼 친구들 얼굴을 보니 살 것 같았다. 우리 사총사도 오랜만에 얘기 봇물이 터졌다. 하지만 어쩐지 나와 다른 세 친구 사이에 작은 실개천이 흐르는 것 같았다.

세 친구들은 내가 못 본 영화와 가 보지 못한 떡볶이 가게 얘기를 하고 있었다. 나도 모르는 얘기를 하길래 "그게 뭔데?" 하고 물었다. 그러자 수림이가 "그런 게 있어." 하고 입을 닫아 버렸다. 뭔가를 함께 하지 못한 친구에게 "그런 게 있어."라고 말해서 호기심과 소외감을 느끼게 만드는 건 수림이의 버릇이었다. 수림이가 그렇게 말한 건 더 이상 알려 주고 싶지 않다는 신호다. 나는 더 이상 묻지 않았다. 수림이와 두 친구들이 계속 내가 모르는 얘기를 하는 것을 듣고만 있었다.

쉬는 시간에 화장실에서 경이를 만났다. 경이는 머뭇거리다가 나에게 이렇게 말했다.

"빛나야, 실은 지난주에 우리 셋이 영화 보러 갔었어. 유라네 언니가 알려 준 떡볶이 가게에 가서 떡볶이도 먹었어. 너하고 연락이 안 돼서……."

말문이 막혔다. 연락이 안 되다니, 연락을 안 한 거겠지.

나는 심호흡을 하며 고개를 끄덕였다.

"그랬구나. 난 괜찮아."

"……말하는 게 나을 것 같았어. 별일도 아닌데 숨기는 거 같잖아."

"그래, 그렇지."

휴교한 동안 나를 제외한 세 명의 친구들은 계속 다른 톡 방에서 연락을 주고받았던 모양이다. 내가 아프고 외롭게 지내는 동안 그 애들은 하루 수천 개 이상의 톡을 하며 영화를 보러 가고, 인터넷 쇼핑을 같이 하고, 그 옷을 학교에 나란히 입고 왔다. 수림이는 마치 보란 듯이 내 앞에서 그런 얘기를 자꾸 해 댔다. 숨길 일도 미안해할 일도 아니라는 투였다. 하지만 정작 물으면 비밀스러운 표정을 지었다. 그걸 서운해하면 나는 쿨하지 못한 아이가 되어 버리는 거다.

나는 모른 척, 못 들은 척, 아무렇지도 않은 척했다. 하지만 수림이가 재겸이에게 영화 보러 같이 가자는 문자를 보냈다는 대목에서는 표정 관리가 잘 안 되었다. 놀랍고 섭섭한 마음이 수림이를 향한 것인지 재겸이를 향한 것인지 잠시 혼란스러웠다.

'재겸이가 받았던 문자가 수림이로부터 온 거였다니.'

물론 재겸이는 수림이의 문자에 응답하지 않은 모양이다. 재겸이랑 내가 놀이동산에 갔었다는 걸 알면 수림이는 어떤 표정을 지을까.

그래, 나도 혼자는 아니었다. 재겸이와 재인이 언니가 그 외롭고 힘든 시간을 함께해 주었다. 친구들에게 굳이 말하고 싶지 않은 비밀, 참으로 위안이 되는 비밀이 나에게도 있었다.

그날 저녁, 초인종이 울렸다.

"택배 왔습니다."

이렇게 늦은 밤에 택배라니 뭔가 이상했다. 택배 기사 목소리도 의심스러웠다. 내가 기다리던 택배가 틀림없었다. 나는 얼른 달려가 문을 열었다.

"엄마!"

"빛나!"

드디어 우리 모녀의 상봉이 이루어졌다. 우리는 얼싸안고 빙빙 돌았다. 엄마도 나도 웃는데 눈물이 났다. 엄마는

히말라야 등반을 방금 마치고 돌아온 사람처럼 몰골이 말이 아니었다. 하지만 눈빛은 생기가 넘쳤다. 바이러스라는 무시무시한 적과 대치하는 일은 두렵고 암담했지만 엄마는 돈 주고도 살 수 없는 소중한 것들을 얻었다고 했다.

"하나같이 힘든 상황인데도 서로 자기가 먼저 힘이 되어 주려고 했어. 지치거나 포기하면 안 된다면서, 만나면 밝게 웃기부터 하고…… 환자, 의료진, 보호자 할 것 없이 우리는 모두 동료 같았어."

병원에서 지낸 얘기를 들려주는 엄마는 히말라야 정도가 아니라 우주 전쟁에서 승리하고 돌아온 전사 같았다.

나는 엄마 품에 매달려 엄마 냄새를 실컷 맡았다.

"엄마 잘 씻지도 못해서 냄새 나는데."

"아냐, 엄마. 나는 이 냄새가 좋아. 살아 있다는 증거잖아."

"으이구, 호되게 앓더니 우리 딸이 노인네가 됐네. 어디 보자. 흠, 잘 먹고 잘 살았는지 키가 더 큰 거 같다. 엉덩이도 토실토실한데?"

"엄마!"

우리는 딱풀로 붙인 것처럼 밤새도록 얼싸안고 있었다. 13년 내 인생에서 가장 긴 한 달이 그렇게 지나가고 있었다.

바이러스 사태가 완전히 마무리된 것은 엄마가 돌아오고도 몇 주 지나서였다. 한낮에는 반팔을 입어야 할 정도로 더워졌을 즈음 엄마는 재겸이네 가족을 식사에 초대했다. 나를 보살펴 준 재겸이네 가족에게 맛있는 저녁을 만들어 주고 싶다고 했다. 하지만 재인이 언니가 강하게 태클을 걸었다.

"아줌마가 만든 음식을 먹으라고? 그냥 밖에서 먹어."

"그건 그래요. 아무래도 김 선생님이 시작하면 마무리는 내가 하게 될 가능성이 커. 그냥 밖에서 먹는 걸로."

아저씨도 재인이 언니의 의견에 찬성했다. 그래서 멋지게 실력 발휘를 하고 싶었던 엄마의 의지는 좌절됐다. 대신 주말에 이탈리안 레스토랑에 가기로 했다. 엄마는 병원 동료들에게 물어보고 인터넷 검색도 해서 맛집에 어렵게 예약을 했다. 하지만 그날 우리는 레스토랑에 가지 못했다. 두 가족의 식사는 무기한 연기되었다. 식사를 하기로 한 날 새벽에 예상치 못한 상황이 벌어졌기 때문이다.

새벽에 울리는 전화벨은 …

엄마를 찾는 응급 전화였다. 전화 소리에 선잠을 깨서 뒤척이는 사이 엄마는 외출 준비를 끝내고 내게 왔다.

"빛나, 엄마 병원에 가 봐야 해. 응급 환자가 생겼어."

"응. 그럼 언제 오는데?"

"저녁까지 못 올 거야. 밥 잘 챙겨 먹어."

엄마가 나가려다 다시 돌아섰다.

"빛나, 저기…… 실은 응급 환자가 재겸이야."

눈을 부비며 벌떡 일어났다.

"5층 구재겸?"

"응. 지금 아저씨랑 엄마가 응급실에 데려가려고 해."

"왜? 재겸이가 왜? 응급실에 왜?"

두서없이 '왜'가 딸려 나왔다.

"그동안 말할 기회가 없었는데 엄마가…… 재겸이 주치의거든. 그래서 엄마가 가야 해."

엄마가 무슨 말인가 더 했다. 하지만 다음 말은 기억나지 않았다. 구재겸이 엄마 환자라니 그게 무슨 뜻이지? 잘못 들은 게 아닐까 싶었다. 우리 엄마는 소아암 전문의다.

잠이 멀찌감치 달아나고 점점 정신이 맑아졌다. 눈곱만 떼고 재인이 언니네로 달려 내려갔다. 재겸이 방은 서둘러 병원으로 간 흔적이 고스란히 남아 있었다. 언니는 어질러진 재겸이 방에서 이불을 뒤집어쓴 채 울고 있었다.

"언니……."

궁금한 게 너무 많았지만 무슨 말부터 해야 할지 몰랐다. 씩씩하던 재인이 언니가 우는 모습을 보니 낯설었다. 정말 재겸이에게 큰일이 벌어진 건 아닐까 불안했다.

"왜 내가 아니고 재겸인 거지? 어릴 때부터 쭉…… 재겸이가 아픈 내내 그런 생각을 했어. 우린 쌍둥이인데 왜 재겸이

한테만 이런 일이 일어나는지……."

언니의 훌쩍이는 소리가 방 안을 가득 채웠다.

"……나는 말이지, 재겸이가 튼튼하게 태어나지 못한 게
나 때문인 것 같아. 나는 이렇게 무쇠처럼 튼튼한데 재겸인
자꾸 아프잖아. 내가 엄마 뱃속에서 혼자만 좋은 거 다 먹어
서 그런 거야."

언니는 마치 배우가 독백을 하듯이 끊임없이 중얼거렸

다. 언니를 어떻게 위로해야 할지 몰랐다. 내가 할 수 있는 일이라곤 그저 조용히 옆에 있어 주는 것뿐이었다.

저녁에 집에 돌아온 엄마에게 재겸이에 관해 들었다. 재겸이는 초등학교 입학을 몇 달 앞두고 백혈병 판정을 받았다. 그 후로 무수히 많은 입원과 퇴원을 반복했고, 그래서 학교도 제대로 다니지 못했다. 그동안 재인이 언니의 골수를 두 번이나 받았다.

엄마와 얘기를 나누면서 그동안 구재겸에 관한 모든 것들이 한꺼번에 연결되기 시작했다. 휴학과 복학, 투병 생활의 선배라고 했던 것, 친구들과 놀아 본 적 없다는 말도 새삼스럽게 기억났다. 대머리 구재겸, 입원 중인 그 아이를 엄마가 근무하는 병원 놀이방에서 처음 봤던 거다.

"두 번째는 경과가 아주 좋았어. 그래서 이젠 끝이 보이는가 싶었는데……."

"그럼 이제 재겸이 어떻게 돼?"

내 물음에 엄마가 한숨을 쉬며 대답했다.

"또다시 해 봐야지. 길고 힘든 싸움이 될 거야. 다행히 재인이 재겸이 둘 다 몸 상태가 좋아서 골수 이식이 가능할 것 같아."

"재인이 언니 골수를 재겸이한테 주는 거야?"

엄마가 고개를 끄덕였다.

"재인이가 또 힘든 결정을 해 줘야 하니…… 그게 걱정이
네."

엄마에게 재인이 언니 얘기를 전해 주었다.

"엄마, 언니가 자기네는 쌍둥이인데 왜 재겸이한테만 이
런 일이 일어나는지 모르겠다면서 막 울었어. 자기 때문인
것 같다고도 그랬어."

엄마가 깜짝 놀라며 큰 소리로 말했다

"그런 말이 어딨어? 아냐, 절대 그렇지 않아. 오히려 재인
이가 있어서 재겸이가 나을 수 있는 거지. 맞는 골수 찾기가
얼마나 어려운데. 생착만 잘되면 나을 수 있어. 백혈병은
난치병이지 불치병이 아니거든."

골수를 주는 사람도 골수를 받는 사람만큼 힘들고 괴로운
시간을 견뎌야 한다고 했다. 재인이 언니는 그 어려운 일을
두 번이나 해냈다. 성질 더러운 날라리인 줄로만 알았던 언
니가 그렇게 장한 일을 하다니 새삼 존경스러웠다.

나는 생각난 듯 물었다.

"엄마, 그런데 언니가 엄마를 재수탱이 의사 아줌마라고 불러."

엄마가 씽긋 웃었다.

"엄마가 잔소리쟁이라 그래. 맨날 만나면 잔소리하니까."

"그래도 그렇지, 남의 엄마를 대놓고 재수탱이래."

내가 화난 듯 투덜거리자 엄마가 깔깔대며 웃었다.

"겉으로만 그래, 겉으로만. 재인이가 톡톡 쏘고 말을 함부로 해도 얼마나 속이 깊고 정이 많은데. 그리고 동생을 정말 사랑해."

엄마는 재인이 언니가 처음 골수 이식을 하게 되었을 때 어린 나이에도 의젓했던 모습이며, 생착에 실패해서 다시 한번 이식하게 되자 수술실 문고리를 잡고 주저앉아 울었던 얘기를 해 주었다. "나 무서워." 눈물을 뚝뚝 흘리면서도 안 하겠다는 말은 끝내 안 했다는 언니. 얼마나 두렵고 싫었을까. 하지만 쌍둥이 동생을 위해 언니만이 할 수 있는 일을 마다할 수는 없었을 것이다. 그러니 누군가 원망할 사람이 필요했겠지. 엄마는 주치의로서 기꺼이 그 악역까지 맡은 것이다.

얘기를 다 듣고 나서도 내 서운함은 쉽게 풀리지 않았다.

"치, 근데 나한테 왜 한마디도 안 했어? 구재겸이 우리 반으로 전학 온 것도 다 알고 있었잖아."

"담당 환자의 비밀 보호는 의사로서의 의무야. 재겸이가 직접 말할 때까지 기다렸지. 아무튼 미안하게 됐네, 딸."

곰곰이 생각해 보니 구재겸은 나에게 벌써 말하고 있었는지도 모른다. 구재겸 방식대로 자기 얘기를 들려주고 있었는지도. 그런데 내가 구재겸의 말을 못 알아들었다. 항상 앞뒤 없는 얘기만 한다며 흘려들었다.

재겸의 입원 사실이 알려지자 반 아이들은 술렁거렸다.

"어떡해, 구재겸. 불쌍하다."

"그럼 휴학한 게 아파서였대? 우린 그것도 모르고……."

"진작 얘기를 했으면 좋았잖아."

진작 얘기했으면 무엇이 달라졌을까? 구재겸은 차라리 반 친구들이 아무것도 모른 채 조용히 지내기를 원했을지도 모른다. 두 달이라는 시간은 누군가를 모두 이해하기엔 너무 짧다. 게다가 담장 사건 이후로 구재겸은 반에서 외톨

이였다.

아이들은 재겸이를 위해 뭐라도 하고 싶어 했다. 누군가의 제안으로 롤링 페이퍼를 만들기로 했다. 다시 투병 생활을 시작한 구재겸에게 따뜻한 응원의 메시지를 보내기 위해서다.

친해지지는 못했지만 응원할게.
축구는 졌지만 병한텐 지면 안 돼!
형, 미안했어.
아플 땐 우리 반을 생각해.
빨리 돌아와~

아이들의 절절한 메시지로 순식간에 4절지가 가득 채워졌다.

수림이는 금방이라도 눈물이 떨어질 듯한 표정으로 롤링 페이퍼에 장문의 편지를 썼다. 경이랑 유라랑 나는 수림이 어깨를 번갈아 두드리며 "수림아, 자제하자."를 연발했다. 수림이 어깨를 두드리다 알게 된 사실인데 어느새 내 키가 수림이랑 비슷해졌다.

바이러스 사건 이후 사총사는 전만큼 살갑지는 않게 되었다. 아니 나 혼자 그렇게 느낀다. 전처럼 친구들 사이에 어떻게든 끼려고 애쓰지 않게 되었다는 것이다. 아무 일 없다는 듯 수다를 떨고 웃었지만 나는 다른 세 명의 친구들을 한 발 떨어져 바라보게 됐다. 처절한 고독의 시간을 지내 본 사람만이 가지는 냉정함과 거리감이랄까. 친구 때문에 속상하고 좌절하는 예전의 나는 사라지고 새로운 아이가 내 안에 들어와 있는 느낌이었다.

망설이다가 문자를 넣었다 …

-구재겸, 괜찮아?

답 문자 대신 전화가 왔다.

"문자보다 통화가 편해서."

잠긴 목소리로 구재겸이 말했다.

"많이 아파?"

"괜찮아."

목소리는 전혀 괜찮지 않은 것 같았다.

"힘들면 말 안 해도 돼."

"……응."

"뭐하고 지내?"

"사진 보고 있었어. 놀이동산에서 찍은 거. 네 사진도 있어."

구재겸이 내 사진을 들여다보고 있다니 갑자기 부끄러워졌다.

"어, 이상한 사진은 제발 지워 줘."

"사진 있어서 좋아. ……웃겨."

재겸이가 웃을 수 있어서 다행이었다. 함께 찍은 사진을 떠올리며 나도 슬며시 미소를 지었다.

"있잖아, 애들이 롤링 페이퍼 써서 보냈어. 빨리 나아서 돌아오래."

"응."

"이창현이…… 미안하대. 이 말 꼭 전해 달래."

"이빨…… 내 송곳니……."

구재겸이 잠시 숨 고르기를 하고 말을 이었다.

"내 송곳니가 다시 자라고 있어……. 신선하고 영양가 있는 피를 듬뿍 받고 있거든. 이제…… 골수 이식까지 받으면…… 나는 힘센 뱀파이어로 다시 태어날 거다."

뱀파이어, 불사신이 그런 의미였구나. 그래. 튼튼하고 힘센 불사신으로 다시 태어나라, 구재겸. 이팝나무 아래서 하얗게 빛나던 구재겸의 송곳니가 떠올랐다. 내가 담담한 목소리로 말했다.

"보름달 뜨면 만날 수 있겠네. ……걱정 마. 비밀은 지킬게."

구재겸이 힘없이 웃는 소리가 들렸다.

여름 방학을 이틀 앞둔 날, 재인이 언니와 베이커리 카페에서 만났다. 내가 한턱 쏘겠다고 했다. 우리는 음료수랑 빵을 잔뜩 쌓아 놓고 먹기 시작했다.

"너 무슨 할 말 있지?"

언니가 눈을 가늘게 뜨고 꼭 탐정 같은 말투로 물었다.

"무슨 말? 그런 거 없는데."

"촉이 오는데."

언니는 포기하지 않았다. 계속 캐묻는 듯한 눈빛으로 나를 쳐다보았다. 나는 할 수 없이 고백했다.

"실은…… 나 그거 시작했다."

"그거?"

언니가 고개를 갸웃거리더니 탁자를 탕탕 치면서 웃기 시작했다.

"너, 그거 이제 시작했어? 우헤헤헤, 완전 아기였잖아."

나는 깜짝 놀라서 사방을 둘러보았다.

"좀 조용히 해, 언니. 다 들리겠어."

언니는 배를 잡고 계속 웃었다. 나는 기분이 팍 상해서 손으로 부채질을 하며 중얼거렸다.

"으, 내가 미쳤지. 언니한테 말하는 게 아니었는데. 으휴."

내가 첫 생리를 시작하자 엄마는 꽃다발을 주며 동네에 떡을 돌리겠다고 호들갑을 떨었다. 엄마가 진짜 떡집에 전화할까 봐 진땀을 뺐다. 그런데 떡집 말고 아빠한테 전화를 한 모양이었다.

－축하해! 이제 우리 빛나가 여자가 되었구나. 아빠 많이 기쁘다!

이런 문자와 함께 모바일 베이커리 쿠폰이 왔다. 아이참, 엄마는 쓸데없이 그런 걸 알려서는. 그 쿠폰을 빨리 써 버리고 싶었다.

"난 또……."

스무디를 홀짝이며 언니가 말했다.

"너네들 사귄다고 발표하는 줄 알았지."

"에엥? 누가 누구랑?"

"아님 말고. 구재겸이 너 좋아하는 거 같아서."

갑자기 얼굴이 백만 볼트짜리 전구를 켜 놓은 것처럼 뜨거워졌다.

"헐! 뭐 그런 말도 안 되는! 아냐! 절대!"

"걔 그렇게 안 봤는데 취향이 독특해."

"뭐, 뭐라고?"

내 말은 듣는 둥 마는 둥, 언니는 자기 말만 했다.

"전에, 재겸이가 병원에 오래 입원해 있을 때 너네 엄마가 네 사진 맨날 보여 줘서 우린 널 맨날 만난 것 같아."

"우, 우리 엄마가 대, 대체 어떤 사진을……?"

"걱정 마. 홀딱 벗은 건 없었어. 근데 너 실물보단 사진이 낫더라."

"허어어어얼!!"

"패션 감각은 모녀가 쌍벽을 이뤄요."

"언니!"

내가 길길이 날뛰자 언니가 재미있어 죽겠다는 듯 낄낄댔다.

"재겸이한테 응원 문자나 자주 넣어 줘."

벌써 그러고 있다. 나는 얼렁뚱땅 다른 얘기로 넘어갔다.

"언니, 재겸이 아픈 거, 절대! 절대! 언니 잘못 아냐. 우리 엄마가 그러는데, 언니가 있어서 재겸이가 나을 거랬어."

"나도 알아. 내가 튼튼해서 다행이지 뭐."

참으로 진지한 얘기를 이토록 태연하게 할 수 있는 건 재인이 언니뿐일 거다. 나는 뭐든 힘이 되는 말을 해 주고 싶었다.

"언니, 다 잘될 거야."

그러자 언니는 눈을 하얗게 흘기며 이렇게 대꾸했다.

"헐…… 토 쏠린다. 재수탱이 딸 아니랄까 봐 밥맛 멘트. 짱 나! 니가 골수 빼냐?"

그 대답을 듣자 다시 원래의 언니로 돌아온 것 같아 완전 기뻤다.

언니는 지나가는 말투로 한마디했다.

"나 내일모레 병원 들어간다."

나는 아이스크림을 빨다 말고 눈을 동그랗게 떴다. 드디어 골수 채취가 임박한 모양이다.

"언니…… 무섭지?"

내 말을 못 들은 척 혼자 중얼거렸다.

"그나저나 올 여름 방학은 워터파크도 못 가고 병원에서 다 보내겠네. 아, 짱 나!"

언니는 아이스크림을 물고 성큼성큼 앞서 걸어갔다. 뜨거운 햇볕을 등에 진 재인이 언니의 뒷모습이 거인처럼 보였다.

이 여름은 또 얼마나 뜨거울까?

투병 중인 재겸이도, 또 한 번의 두려움과 맞닥뜨릴 재인이 언니도, 이제 진짜 여자가 된 나도…… 우리는 뜨거운 여름을 잘 이겨 내고 씩씩하게 부활할 것이다. 지난봄 지루하고 무서웠던 시간이 그랬듯이 말이다. 이 여름을 지내고 나면 우리는 또 얼마나 자라 있을까? 빨리 가을이 왔으면 좋겠다.

뱀파이어와 사랑에 빠지는 법 - 완결편

글★달빛신부

"보름달이 뜨면 돌아올 거야. 반드시!"

마리는 보름달을 바라보고 있었다. 레이의 마지막 말이 귓가에 울렸다.

"보름달 아래서 한 약속을 어기면 무시무시한 일이 일어나지."

마치 바로 옆에서 레이가 속삭이고 있는 것 같았다.

"참 이상도 하지. 그 사람이 돌아온 것 같아."

마리가 중얼거렸다. 그때 등 뒤에서 마리를 감싸안으며 그가 말했다.

"내가 아니면 누구겠어?"

마리는 깜짝 놀라 뒤돌아보았다.

"정말 돌아왔군요!"

"내가 약속하지 않았어? 난 거짓말은 안 해."

마리는 레이의 얼굴을 어루만졌다. 발그레한 뺨과 더 깊어진 눈동자…… 다시 돌아온 레이는 튼튼하고 생기가 넘쳤다.

"나의 레이! 나의 뱀파이어!"

"그래, 마리. 너의 뱀파이어는 이제 사라지지 않고 영원히 네 곁에 있을 거야. 이건 뱀파이어 신부에게 주는 증표."

레이가 마리의 손등에 입맞춤했다. 마리도 레이의 손등에 끊임없이 키스를 퍼부었다. 차가웠던 두 사람의 몸이 따뜻해지고 있었다. 마리와 레이가 두 손을 맞잡고 환하게 웃었다. 레이의 붉은 입술 사이로 희고 길쭉한 송곳니가 아름답게 빛나고 있었다. 향기로운 꽃내음이 두 사람을 에워싸기 시작했다.

빛나는 마법의 시간을 위하여!

열세 살은 빛나의 옷장에 걸린 청바지 같아요. 아동 사이즈는 자존심 상하고 성인 사이즈는 어림없지요. 허리에 맞추니 길이가 문제고 길이에 맞추니 엉덩이가 끼네요. 멋지게 입고 싶지만 몸에 딱 들어맞지 않는, 참으로 어정쩡하고 난감한 감정이 지배하는 나이.

어정쩡하다는 건 이도 저도 아니라는 것. 혹은 이 끝과 저 끝을 오락가락한다는 것.

근거 없는 자신감이 빵빵하게 차올랐다가도 느닷없이 낯선 감정이 밀려들고, 친구들에 둘러싸여 있으면서도 세상에 나 혼자인 듯 외롭죠. 왜 나는 이렇게 보잘것없을까 자존감은 바닥이고, 모르는 새 다른 사람에게 상처를 입히기도 해요. 걱정은 꼬리를 물고 터널처럼 이어지지요.

곧 알게 될 거예요. 그 터널 같은 시간이 실은 아주 짧은 시간이라는 것을. 그리고 세상에 어정쩡하고 난감한 청바지 같은 열세 살을 거치지 않은 어른은 없다는 것을.

이 책의 주인공 빛나는 바이러스 사태 때 열세 살 인생 최악의 한 달을 맞이하게 돼요. 버려진 아이처럼 홀로 앓고 있을 때 얼마나 힘들고 무서웠을까요. 하지만 빛나는 걱정만 하고 있지는 않아요. 미스터리한 전학생 재겸이와 함께 비밀스러운 추억을 만들며 불행을 즐겁게 이겨 내는 방법을 찾아요. 다른 사람의 아픔을 이해하고 한층 성장한 여름을 맞이하죠.

이 책을 읽는 여러분도 걱정일랑 내려놓고 열세 살에 꼭 해야 할 일들을 하며 즐겁게 지내면 좋겠어요. 꼭 해야 할 일이 뭐냐고요? 친구들과 추억 만들며 건강하게 놀기! 밤에는 푹 자기! 아무리 큰 고민도 딱 하룻밤만 잘 자고 나면 아무것도 아닌 일이 되곤 하거든요.
그리고 무엇보다 하루하루 즐겁게 살기! 여러분의 빛나는 마법의 시간을 위하여!

박현정

북멘토 가치동화 27

우리들의 빛나는

1판 1쇄 발행일 2018년 1월 22일 1판 3쇄 발행일 2019년 6월 10일
글쓴이 박현정 그린이 국민지 펴낸곳 (주)도서출판 북멘토 펴낸이 김태완
편집장 이미숙 편집 김정숙, 송예슬 디자인 안상준 마케팅 이용구, 민지원
출판등록 제6-800호(2006. 6. 13.)
주소 03990 서울시 마포구 월드컵북로 6길 69(연남동 567-11), IK빌딩 3층
전화 02-332-4885 팩스 02-332-4875 이메일 bookmentorbooks@hanmail.net
페이스북 https://facebook.com/bookmentorbooks

ⓒ 박현정 · 국민지, 2018

ISBN 978-89-6319-255-0 73810

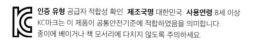